新潮文庫

白銀の野望

やったる侍涼之進奮闘剣3

早見　俊著

目次

白銀の野望

やったる侍涼之進奮闘剣3

第一章　家名を守れ！

一

「退《ど》くとたい！　すまんが、退いてくれんね！」

沢村涼之進《りょうのしん》は走っている。

髷《まげ》は乱れ、目は血走っていた。文政四年（1821）の霜月の三日。師走《しわす》には一月も早い寒空の昼下がり、武士たる者にはあるまじき所業だ。

この男、肥前諫早《いさはや》藩三万石、武芝《たけしば》家の用人兼留守居役補佐を務める。黒地木綿の袷《あわせ》に重ねた羽織の紐《ひも》は解《ほど》け、仙台平《せんだいひら》の袴《はかま》に身を包んだその姿は、取り立てて長身ではないが、岩のようにがっしりとした身体《からだ》、目や鼻、口が大きく、眉《まゆ》も太い。夏の最中《さなか》ならいかにも暑苦しい面体である。

南八丁堀にある藩邸に南町奉行筒井紀伊守《つついきいのかみ》から武芝藩邸の留守居役に対し火急の呼び出しがあった。町奉行からの呼び出し、ただ事ではない。あいにく涼之進の上司たる留守居役浜田勘三郎《かんざぶろう》は不在だ。代わって自分が出向かねばならない。藩主武芝伊賀守政直《いがのかみまさなお》の命により京の都に出立を控えた矢先に起きた珍事だ。どんな用向きなのかもわからないが、町奉行から火急の呼び出しとあれば容易でないことが起きたことだけは確かだ。

右手に八丁堀を見ながら京橋に至ったところで冷水を浴びせられた。ぎょっとして立ち止まると、海苔《のり》屋の小僧が水を撒《ま》いていた。小僧は平謝りに謝る。咎《とが》めるつもりはない。それよりも急がねば。

涼之進は小僧に気にするなと言い置いて南町奉行所へと急行した。

息も絶え絶えに数寄屋橋《すきやばし》御門内にある南町奉行所の長屋門に辿《たど》り着いた。御定法通りの黒い渋塗に白漆喰《しろしっくい》の海鼠壁《なまこかべ》だが、一般的な武家屋敷に見られるような厳《いか》めしいものではなく、海鼠が細めにしてあるため、柔らかな印象を受ける。町人の訴えを聞く役所の体裁が施されているようだ。埃《ほこり》と汗にまみれ、髷を振り乱した異形の武士に門番が驚きの目を向けてくる。訴人ではないとは思っているようだが、得体の知れない男の登場に番士もどう対応していいか戸惑っているようだ。

「御奉行に、筒井紀伊守殿にお取次ぎ願いたい」

息も絶え絶えに訴える涼之進であったが、

「失礼ですが御用向きは……」

いきなり奉行に取りつげと言われても、番士ならずとも扱いを躊躇《ためら》うのは無理もないことだ。ようやくのことで息を整え、きちんと話を通そうと思ったところで一人の同心が涼之進に声をかけてきた。

「涼さん、どうしました」

定町廻《じょうまちまわ》り同心平原主水《もんど》である。江戸に出仕して間もない頃、平原が追いかけていた盗人《ぬすっと》を捕まえたことがきっかけとなり付き合いが始まった。そうだ、平原に尋ねればいい。番士も平原が涼之進を引き受けてくれたことに安堵《あんど》し、平原に任せるように身を引いた。

「御奉行に呼ばれたんだ」

「御奉行に。何用ですか」

「火急の用向きだとしかわからん」

南町奉行筒井紀伊守政憲《まさのり》から書状が届いたのは半時（約一時間）前だった。武芝家留守居役に火急の用があるのでただちに参られたいとのみ記されていた。言葉少ないことが、却《かえ》って事態の深刻さを思わせ、涼之進は取る物も取りあえず、一目散に駆けて来たという次第だ。で、駆けつけてきたものの、奉行とどうやったら面談できるのかわからない。戸惑えば戸惑うほど、気ばかりが焦《あせ》り、それが門番に不審の念を抱かせたというわけだ。

懇意にしている平原と会ったことは心強い。

「そりゃ、よっぽどのことでしょう」

平原が振り返る。長屋門から奉行所の玄関まで幅六尺ほどに青板の敷石が通っている。敷石の両側には那智黒《なちぐろ》の玉砂利が敷き詰めてあった。陽光を受けて黒光りする砂利は将軍のお膝元《ひざもと》、天下総城下町たる江戸の治安を司《つかさど》る役所の威厳を感じさせ、踏みしめることに気後れしてしまう。が、用件を聞く前に弱気になってどうする、と己を叱咤《しった》する。すると、つい力んでしまい、玉砂利を踏む音が殊更《ことさら》に大きくなった。

玄関に至ると、

「ここで、待っててくださいよ」

緊張の面持ちの涼之進とは対照的に平原が気楽な調子で玄関を上がり、すぐ右手にある用部屋へと入って行った。待つほどもなく平原が戻って来る。一人の男を伴っていた。羽織に袴、同心ではなく与力のようだ。男は内与力藤村甚三郎《じんざぶろう》と名乗り、案内に立ってくれた。後日、わかったことなのだが、内与力は奉行個人の家臣。奉行所に所属はしておらず、十人から成り、玄関脇《わき》の用部屋にあって、奉行への来客や使者の取次ぎに当たっている。

今後、奉行に面談を求める時は内与力を通すということになる。

平原に礼を言い、奉行所の奥に向かう。玄関を上がると、棚が設けられて鉄砲が立て掛けられている。装飾品にしては物騒だ。来訪者を威圧する目的があるのだろうか。そんなことにお構いなく藤村はいかめしい顔つきで奥へと進む。涼之進にも緊張が蘇《よみがえ》った。

町奉行は幕府の要職。直参旗本が就ける最高の役職である。役高三千石ながら、その待遇は五万石未満の大名に匹敵し、それを示すように従五位下という位階を持つ。寺社奉行、勘定奉行と共に三奉行を構成し、幕府の最高裁判所とも言うべき評定所の構成員だ。将軍のお膝元である江戸の市政を担《にな》うと同時に幕閣を構成する重要な役職である。

大名家の留守居役は町奉行や与力と好《よしみ》を通じておくのが必要不可欠とされていたが、涼之進はまだ挨拶《あいさつ》すらしていない。留守居役である上役の浜田勘三郎に任せ切りとなっていた。

——そういえば、浜田殿——

昨年、筒井が町奉行に就任した時、浜田は就任のお祝いに贈答の品を持って挨拶に行っていた。

その町奉行からの呼び出し。

いいことではあるまい。

胸が重くなりながら藤村に従い、筒井が待つという書院に至った。廊下に座り襖《ふすま》越しに藤村が声をかける。

「武芝伊賀守さま御家中沢村涼之進殿、まいられました」

「ふむ」

野太い声が返され藤村が襖を開いた。

「どうぞ、入られよ」

筒井に言われ、涼之進は書院に入った。藤村は一礼して歩き去る。筒井は四十四歳、熨斗目《のしめ》に裃《かみしも》と威儀を正し、温厚な面差しながら眼光鋭くいかにも切れ者に映る。

「火急の呼び出し、ご無礼を許されよ」

筒井は軽く頭を下げた。

涼之進は生唾《なまつば》を飲み込み、

「お呼びの件、承りとうございます」

と、筒井の目を見た。

「武芝御家中の久谷《ひさや》九十郎《くじゅうろう》なる者を当奉行所の仮牢《かりろう》に預っております」

「久谷……。で、ございますか」

そんな男がいたような気がする。

「ご存じござらぬか」

筒井の言葉は己の怠慢を指摘されたようで気恥ずかしさが胸をつく。筒井はという

と涼之進を気遣う余裕すら見せた。

「江戸勤番となって八か月、留守居役補佐となって半年。江戸定府《じょうふ》の者、全員を把握

してはおられぬとしても無理はないですな」

筒井は自分の経歴を調べていた。さすがは町奉行だと感心していると、

「久谷は町宿をしている者です」

と、筒井が付け加えた。町宿とは江戸勤番となった大名家の藩士の中で、藩邸内の

長屋に住むことができない者に江戸市中の町屋を間借りさせていることをいう。筒井

に指摘され、己の無知が涼之進の心を苛《さいな》み、耳たぶが熱くなった。

思い出してきた。

久谷は武芝家の御用達《ごようたし》の酒問屋扇屋三蔵《おうぎやさんぞう》が地主となっている長屋に間借りしていたはずだ。

「久谷九十郎、いかなるわけで御厄介をおかけしておるのですか」

「殺しです」

筒井は事もなげに答えたが、涼之進にとっては青天の霹靂《へきれき》である。

「相手は柳橋《やなぎばし》の芸者」

武芝家中の者が芸者を殺した……。まるで絵空事だ。実感が湧《わ》いてこない。

「まことでございますか」

問いかけてから、奉行がこんなことで嘘《うそ》をつくはずがないと思い直した。

「本人は否定しております。まずは、留守居役たる貴殿にお知らせをと思った次第です」

「畏《おそ》れ入ります」

まずは頭を下げた。

事態の把握に苦渋する涼之進に筒井が世間話でもするように続けた。

「諫早はよき所ですな。風光明媚《めいび》な上に領民は明るく、食べ物も美味《うま》い」

急に話題を変えられ戸惑ったが、涼之進が気持ちの整理をする余裕を与えるための筒井なりの気遣いであろう。

「ご存じですか」

「以前、長崎奉行を務めておりましたからな。何度か足を運んだことがあります」

そうだった。筒井政憲は南町奉行に就任する昨年までは長崎奉行。その前は目付だった。まさしく、順調に出世の階段を上っているわけだ。

諫早の地を知っていると聞き親近感を抱いた。

「久谷がお手を煩《わずら》わせたことはまこと申し訳なく思いますが、吟味はどうなっているのですか」

「これからになります」

「では、まだ、久谷の仕業とは決まっていないのですね」

「いかにも」

「すると」

涼之進が言おうとしたのを筒井は制した。

「ご存じと思うが……」

そう切り出したのは涼之進の顔を立ててのことだろう。内心では涼之進がそれほど江戸の事情に通じているとは思っていないに違いない。

「ご存じとは思うが、大名家の家臣が町人地で問題を起こした場合、町奉行所の差配となります。差配違いで町奉行所の裁きを受けないのは大名と旗本のみ。家臣は町奉行所の裁きを受けるのです。従って、久谷の場合も、当方にて吟味を進め、その罪状が明らかとなったら、わたしが裁きを申し渡すことになります。今回は殺しですからな……」

筒井はここで言葉を止めた。

「死罪は免れませぬか」

「場合によっては打首獄門、も、あり得ますな。そうなれば、武芝家の家紋に泥が塗られることになります」

筒井は淡々と言っているが、その言葉の重みたるや胸に大きくのしかかってきた。

筒井は視線を凝らした。どこか思わせぶりなその態度は、久谷を武芝家から抜いたらどうかと言っているようだ。久谷は武芝家とは関わりのない浪人者であるということにしてはどうかと勧めているのだろう。

「会わせてください」

「それはかまいませぬが」

それでいいのかと言いたげな筒井の目である。余計な関わりを持たぬがよいと言いたいようだ。

久谷は芸者殺しを認めていないのだ。久谷には久谷の言い分があるに違いない。話を聞きもせず、当家とは関わりない者と突き放すことはできない。

「では、早速」

涼之進は大刀を右手に持ち、腰を上げた。

「よろしい。案内をさせましょう」

「ならば、平原さん、平原主水殿をお願いしとうございます」

「平原をご存じか」

筒井の目にわずかながら戸惑いが滲《にじ》んだ。

「ちょっとした知り合いです」

筒井は平原との関係を問いたそうだったが、

「奉行所におるかどうか確かめてみましょう」

と、請け合ってくれた。

二

幸い平原は奉行所に留まってくれていた。

玄関で迎えてくれた平原に涼之進は、

「町廻りに出なくていいのか」

「涼さんが髷《まげ》をふり乱して、御奉行に会いにいらしたんですよ。何事かって気になるでしょう」

平原らしい親切さだ。それから声を潜めて、

「殺しですって」

「そうなんだ」

つい気難しい顔をし、平原に連れられて建屋の左にある仮牢へと向かった。親しい平原だが、今は世間話をしている雰囲気ではない。仮牢は日当たりが悪く寒々としている。狭くてじめじめとした板の間に何人か座っているが、その中でただ一人武士がいた。まだ、歳若《とし》い見たところ二十五歳くらいの色白の男だ。そう言えば見かけたことがある。下屋敷で青物の栽培に当たり、近在の百姓に分け隔てなく声をかけている

姿が印象的だった。

「久谷九十郎」

平原が声をかける。正座をして両眼を瞑《つぶ》っていた久谷だったが、かっと目を見開くと涼之進に気がつき、目に輝きが宿った。

「沢村さま」

久谷は禄高《ろくだか》十石の平士、百石取りの上士で留守居役補佐、藩主の用人という涼之進に敬称をつけるのは当然といえる。久谷は膝《ひざ》を進め、格子《こうし》までやって来ると、

「わたくしはやっておりません」

と、まずは無実であることを訴えた。

涼之進は無言で見返す。

「信じてください。わたしは断じてお富を殺してなどおりません」

筒井からは久谷が殺したのは柳橋の芸者と聞いただけで、名をお富というのだとは今の久谷の言葉で知った。

「信じてください！」

久谷の声が仮牢を震わせる。他の罪人たちが身をすくめ、平原は空咳《からせき》をした。

「落ち着け」

涼之進の宥《なだ》めに久谷はうなずくと、

「濡《ぬ》れ衣《ぎぬ》でございます」

と、言ったきり口を閉ざしてしまった。

「口書《くちがき》を持って来ますよ」

平原が声をかけてきた。口書とは取調べの詳細を書き記した文書である。

「ともかく、落ち着くのだ」

そんな言葉しか思い浮かばない。久谷を目の前にし、その訴えかけにはこの男を信じてやりたいとの思いを強くしたが、柳橋の芸者お富を殺したというだけで、それ以上のことがわからない。まずは、久谷が捕縛された経緯などを知る必要がある。そのことに久谷も気づいたとみえ、黙り込んだまま平原の戻りを待った。

やがて平原に見せられた口書によると、事件は以下のようであった。

事件が起きたのは昨晩、新川にある扇屋三蔵の長屋でのことだった。棟割長屋の一軒にお富は住んでいた。向かいが久谷の住まいである。二人は家が向かいということで、親しく言葉を交わしていたという。時には、お富が久谷の家に手作りの惣菜《そうざい》を持って行く姿が長屋の住人に目撃されてもいた。

昨夜五つ（午後八時頃）を回った頃、お富の家で騒ぎがあった。しばらくして、長屋の女房連中がお富の家を覗《のぞ》いたところ、血に染まった久谷がいたという。久谷は逃げ出した。騒ぎが大きくなり、今朝になって近所の稲荷《いなり》に隠れていたところを南町奉行所の役人に見つかり、捕縛されたのだという。

但《ただ》し、口書には久谷の爪印《つめいん》は押されていない。お富の家を訪ねたこと、亡骸《なきがら》を見つけたこと、逃げ出したことは認めているが、殺しは否定しているのだ。断固として爪印を拒絶している。それが唯一《ゆいいつ》身の潔白を示しているかのようだ。

「お富とは親しかったのか」

「別段、親しくはありません。ただ、どう、申したらいいのでしょう。わたくしに何くれとなく親切にしてくれたことは確かです」

「いくつだ」

「二十三とか申しておりましたが、実際のところは三十路《みそじ》に手が届くのではと思います」

「身より、頼りはないのか」

「姉が一人、深川の料理屋で女中奉公をしていると」

言ってから、姉ではなく妹のようです、と久谷は苦笑交じりに付け加えた。妹の名はお道、料理屋は永代寺《えいたいじ》の門前町にある折鶴《おりづる》というそうだ。

「昨晩、どうしてお富の家に行ったのだ」

「それは……。断りにでござる」

久谷の声がしぼんでいく。

「何を」

「その……。これ以上、つきまとうのは勘弁してくれと」

久谷は恥じ入るように目を伏せる。

なるほど、色白で彫の深い面差しはいかにも女にもてそうだ。口書に添えてあるお富の検死報告書に目をやる。それによると、お富は首、腹、胸など五か所に刺し傷があり、その中の喉笛《のどぶえ》の傷が深く、それが致命傷となった。使用されたのは久谷の大刀である。

「おまえの刀が使われたとあるが……」

久谷がうなだれているのは、武士の魂である刀を知らず知らずの内に使われたことへの恥じらいを示しているようだ。

「湯屋へ行っておったのです」

「刀を置いていったのか」

涼之進は声に批難を込めた。

「まさか、こんなことになるとは」

久谷の狼狽《ろうばい》が甚だしくなった。

「信じてください」

またしても訴える久谷だ。

涼之進は平原を見た。平原は黙っている。滅多なことは言えないようだ。状況は久谷には不利、いや、悪過ぎる。

「自分が手をかけていないのに、どうして逃亡したのだ」

痛い所を突かれたのか久谷は口ごもっている。

「答えられないのか」

そのことが肝心だ。それが、久谷の立場を圧倒的な窮地に立たせているのだ。久谷は顔を上げ、

「藩邸に向かおうと思ったのです」

「藩邸に駆け込むつもりだったのか」

「そうです。わたしは濡れ衣を着せられました。ですから、自分の身を守るためには藩邸に駆け込むしかないと」

確かに、大名屋敷は治外法権だ。町方の役人が踏み込むことはできない。

「ですが、木戸が閉まり、思うように藩邸まで辿《たど》り着くことはできませんでした」

江戸の町は町ごとに木戸が設けられ、夜四つ（午後十時頃）を過ぎると木戸が閉ざされて勝手な通行ができない。ちゃんとした事情を話せば、木戸は開けられ通行は可能だ。通されたところで木戸番が次の木戸へ拍子木を打って知らせてくれる。いわゆる町内送りが行われるのだが、町方の役人に追われている久谷にそんなゆとりはなかったのだろう。

「朝、木戸が開くのを待っていたところを見つかりました」

自分の間抜けぶりが恥ずかしくなったのか、久谷は目を伏せた。それからきっと目を開け、自分の無実を訴えてくる。

「話はわかった」

「おわかり頂けましたか」

「濡れ衣であることを証明しなければならない」

決して感情的になってはならない。同じ武芝家の家臣として久谷の無実を信じてやりたいし、面と向かって話をしてみて、その言葉に嘘《うそ》はないと思った。だが、町奉行所に捕縛されたということ自体が由々しきことである。この上は何としてもお富殺しの一件を調べたい。

「落ち着け。決して、騒いではならんぞ」

噛《か》んで含めるように語りかけたが、久谷はなんとも情けない顔をしている。こんな状態ではやってもいない罪を背負い込みかねない。

「そげな顔ばすんな。そいでも九州男児か。おいに任せるとじゃ」

涼之進は胸を叩《たた》いてみせた。

「お願いします」

久谷は背筋を伸ばし頭《こうべ》を垂れた。


平原に礼を述べ、再び書院で筒井と対面した。

「久谷は無実です」

まずそう言い切った。

「何故《なにゆえ》、そう申されるのかな」

筒井は至って落ち着いたものだ。

「人を殺《あや》められる男ではございません」

筒井はしばらく黙っていたが、おかしそうに肩を揺すった。

「おかしいですか」

「それで、解き放たれれば、この世に罪人はおりませんなあ」

筒井の表情が引き締まった。

「証《あかし》を見つけます。下手人を見つけ出します」

「貴殿が、ですかな」

「いかにも」

「そのようなことができますかな。餅《もち》は餅屋と申しますぞ。江戸市中をそれほどご存知ではありますまい。探索となると、いささか骨が折れるでしょうな」

「わかっております。ですから、ご助勢いただきたい。同心平原主水殿をお貸しください」

「平原を……。それは承服できませんな。南町は、久谷をお富殺しの下手人として捕縛したのです。今更、それを覆《くつがえ》すが如《ごと》き所業はできませぬ」

筒井は丁寧な物言いながら毅然《きぜん》とした態度を示した。町奉行として当然の理屈だ。それに、何でもかんでも平原に頼るわけにはいかない。

「明日四日の昼九つ（十二時）、裁許を申し渡します。このこと、藩邸に戻られ、伊賀守殿に申されよ。よろしいな」

筒井は立ち上がり涼之進を見下ろした。幕府の威信を背負ったようだった。

明日の昼九つ、それまでに久谷の濡れ衣を晴らさねばならない。時は容赦なく過ぎて行く。一時《いっとき》も無駄にはできない。

三

ともかくも、藩邸に戻りこのことを協議せねばならない。久谷九十郎、十石取りの平士とはいえ、れっきとした諫早藩三万石武芝家の家臣である。その家臣たる者がこのまま放置すれば打首獄門、まさしく、家名を傷つける事態であり、ましてやこれが濡れ衣であったならば、久谷はもちろん、国許《くにもと》で久谷の帰還を待っているであろう身内に対して顔向けができない。

奉行所にやって来た時同様、いや、それ以上の速度で駆けに駆ける。御堀を左手に見ながら比丘尼《びくに》橋を目指す。途中すれ違う行商人や店者が呆《あき》れかえるが、涼之進にとっては、いや、まさしく御家の一大事。他人の目など気にしてはいられない。

比丘尼橋に至ったところで右に折れる。八丁堀に架かる京橋までやって来たところで、

「ああ、すみません」

海苔《のり》屋の店先でさっきの小僧が謝った。またしても、水をかけられてしまったのだが、

「かまわん。急ぐたい」

そう言い置き、一目散に藩邸を目指す。埃《ほこり》が目に入る。両の目を掻《か》き、袴《はかま》の股立《ももだ》ちを取り、眦《まなじり》を決して走り出す。冬だというのに背中には汗がぐっしょりだ。あまりの勢いに雪駄《せった》の鼻緒が切れる。もんどり打ったところで雪駄を手にする。

「鼻緒、すげやしょうか」

鼻緒すげの行商が折よく通りかかったが、

「よか」

もう、面倒だ。

雪駄を懐中にねじ込むと足袋も脱ぎ袂《たもと》にねじ込むや疾走した。日差しを受け、程よく温まった往来が足の裏を刺激し心地よい。八丁堀と楓川《かえでがわ》が交わった真福寺橋の上で、

「すまん、退《ど》いてくれ」

辺り憚《はばか》らず大きな声を上げた。

「なんでえ」

昼間っから飲んだくれているやくざ者に絡《から》まれても無視だ。まさしく風のように橋を走り抜け、南八丁堀に至った。見る見る藩邸に近づく。やがて、長屋門に辿り着く

と番士が怪訝《けげん》な目を向けてくる。潜《くぐ》り戸から身を入れたところで、汗がどっと噴き出した。服装と髷の乱れを直すべきかと思ったが、事の重要さを思うと直ちに江戸家老鬼頭内蔵助《きとうくらのすけ》と留守居役浜田勘三郎に報《しら》せねば。

御殿の玄関を入るや、「御家老がお待ち兼ねです」と中間《ちゅうげん》から耳元で囁《ささや》かれる。涼之進が町奉行筒井紀伊守に呼び出されたことを踏まえてのことだろう。玄関を上がり、表御殿の用部屋に足を向ける。と、廊下に点々と足跡が残ってしまった。

――しまった――

と、思った時にはもう遅い。裸足《はだし》で駆け込み、そのまま御殿を歩いて来たのだ。藩士たちに変な目で見られながら用部屋に入った。鬼頭と外出先から戻った浜田が待ち構えている。

涼之進の乱れた姿に鬼頭は顔をしかめたが、

「筒井殿、どのような用向きであった」

と、即座に問うてきた。浜田も危ぶんだ顔である。

「町宿をしております久谷九十郎がお富という芸者を殺めた疑いにて南町奉行所に捕縛されました」

「なんと」

浜田が絶句する。鬼頭も、

「なんとしたことか」

と、沈痛な思いを表情に表した。

「して、久谷はどうなるのじゃ」

浜田が畳み込む。

「このままですと、打首獄門に処せられるかもしれません」

鬼頭も浜田も天を仰いだ。

「不祥事もはなはだしい」

鬼頭が嘆き始めた。

「まだ、そうと決まったわけではございません」

力強く言う。

二人の視線を浴びたところで、

「まだ、裁きが下されたわけではないのです」

「それはそうじゃが、裁きは何時に下される」

「明日の昼九つだそうです」

「それはまた急な……」

鬼頭はまたしても絶句した。

「ですから、その時までにお富殺しをわたしなりに探索したいと思います」

涼之進は言った。

「おまえ、そんな事できるのか」

鬼頭は浜田の顔を見た。

「やるしかありません」

すると浜田が大真面目《おおまじめ》な顔で言った。

「まこと、久谷が濡《ぬ》れ衣《ぎぬ》を着せられたのか」

「それはどういう意味でございましょう」

「久谷が殺したのではないかと申しておるのだ」

浜田は声を潜めた。

「わたしは久谷を信じております」

ついむきに言い返してしまった。

鬼頭は迷う風だ。そこへ、

「太田隠岐守《おきのかみ》さま、いらっしゃいました」

と、声がかかった。

太田隠岐守泰衡《やすひら》。

藩主政直の実父にして幕府大目付である。かつて、長崎奉行を経験した折、先代藩主政継《まさつぐ》と親交を深めた。政継は太田の次男勘次郎《かんじろう》の利発さを気に入り、養子となって武芝家を相続することを希望した。太田は快く応じ、勘次郎すなわち政直を武芝家に養子に出したのだった。

大名は幕府との繋《つな》がりを持つ必要から懇意にしている旗本がいる。長崎奉行、北町奉行を務め、現職の大目付である太田隠岐守はまさに適材と言えた。

「隠岐守さまが」

鬼頭は苦々しい顔をした。いかにもこのような大事にいきなりの訪問とは、間が悪いにもほどがある。

「仕方ない、わしが会う」

鬼頭が腰を上げた時には廊下を足音が近づいて来た。まさかとは思ったが、聞こえてくるのはまさしく太田の声である。

「なんじゃこの屋敷は。掃除をしておらんのう」

大した声だ。

鬼頭と浜田は怪訝な顔をしたが、涼之進は自分が残した足跡であると気がついた。

「申し訳ございません」

思わず襖《ふすま》を開けてしまった。太田と目が合った。

「おお、おまえか」

太田は親しそうな笑みを送ってきた。突然のことでどんな言葉を返していいか戸惑い、

「それ、わたしが」

と、裸足の足に視線を落とした。

「おまえか。まったく、だらしのない男だ」

言いながら太田はずかずかと用部屋に入って来た。白髪交じりの髪は豊かではないがしっかりと生え揃《そろ》い、白い眉《まゆ》は垂れているが、目には力がみなぎっている。鼻筋が通った面差しは若かりし頃の男ぶりを想像させた。鬼頭と浜田が威圧されたように平伏をする。

「家老と留守居役が顔を揃えて昼間から密談か」

太田はよっこらしょと腰を下ろした。

「密談というわけではございません」

鬼頭はそれを示すようににこやかな顔をした。

「そうなのか」

太田が涼之進に問いかけてきた。

「むろん、密談などではございません」

言下に否定した涼之進だったが、

「わしを侮《あなど》るな。ちゃんと耳に入っておる。入っておるからこうしてまいった。沢村、筒井殿に呼び出されたな」

太田はずばり言い当てた。

さすがは大目付。耳が早い。それに、長崎奉行を経て町奉行に就いたのは筒井の先輩と言える。黙り込む三人に向かって、

「ちと、厄介なことになったのう」

と、向けてきた切れ長の目が政直に似ている。

「いかにも、御家の大事でございます」

鬼頭は言った。

「家臣が打首獄門となれば、家名に大きな傷がつくのう」

太田が涼之進に向く。

「お言葉ですが、まだそうと決まったわけではございません」

「久谷の濡れ衣を晴らしたいと存じます」

「そんなことおまえにできるか。第一、その家臣が殺《あや》めたのかもしれないではないか」

太田の言葉に思わず鬼頭がうなずいてしまった。

「ですが、まずはそのことの真偽を確かめないことには」

「そのような時があるのか」

太田の物言いには意地の悪さを感じた。

「やります」

挑戦的な言葉を涼之進は受けて立った。

「相変わらず、威勢はいいものじゃな」

小馬鹿《こばか》にしたような太田の言葉である。むっとして反論しようと思ったところで、

「もっと、現実的な落着方を考えねばならんぞ」

太田の言葉を聞いた鬼頭と浜田が引き込まれるようにうなずく。

「それはいかなることでございましょう」

浜田が尋ねた。

「決まっておろう。久谷なる者、武芝家とは関わりなし、とすることじゃ」

それは筒井からも示唆《しさ》されたことである。そのような姑息《こそく》な手段、涼之進には飲めるものではない。鬼頭と浜田は苦り切った顔をしている。

「多少のこれはかかる」

太田は指で金を示した。

「どのようにするのですか」

一応聞いておこうと思った。

「浪人として扱わせる。口書の武芝家中とあるのを浪人と書き改めさせる」

太田は事もなげに言った。

「そのようなことができますか」

浜田の表情が明るくなった。太田の申し出に乗り気になったようだ。

「わしに任せれば造作もないことじゃ」

太田は楽しむかのようだ。

四

「それには、これじゃな」

またしても露骨に金を要求する太田に半ば呆《あき》れながらも鬼頭や浜田は受け入れようとしている。

「久谷のこと、政直殿には申し上げたのか」

太田は今では武芝家の当主、三万石の大名となっている我が子に敬称をつけて呼んだ。

「いえ、まだでござる」

鬼頭が答えると、

「何をしておる。このような大事。まずはお耳に入れないでどうする」

「直ちに」

鬼頭は頭を下げてから涼之進に目配せをした。おまえから耳に入れよと目で言っているのだ。それを浜田が口に出した。

「沢村、殿の用人ではないか」

「わかっております。筒井殿から聞いたのはわたしですし」

涼之進とて逃げる気はない。

では、早速と思ったがこのなりでは駄目だ。急いで身形《みなり》を整え、政直がいる書院へと向かった。

「失礼致します」

襖越しに声をかける。

「入れ」

すぐにきわめて明瞭《めいりょう》な声が返された。襖を開け、身を入れる。政直は書見をしていた。色白で細面、清らかな光をたたえた瞳《ひとみ》、鼻が高く薄い唇が心なしか冷ややかさを感じさせる。

「南の御奉行所へ行ってまいりました」

「そのようじゃな」

政直は見台から顔を上げ、切れ長の目を向けてくる。

「当家の家臣で扇屋三蔵の長屋に町宿している久谷九十郎なる者が柳橋の芸者を殺めたとの疑いで奉行所の仮牢に留め置かれております」

事件のことを話し、明日裁きが申し渡されると付け加えた。

政直の目元に赤みが差した。こめかみがぴくぴくと動いている。

「久谷は罪を認めておるのか」

政直が気持ちを押さえながら問いかけてきたのがわかる。

「濡れ衣だと申しております」

「裁きは明日くだされるのじゃな」

「御意にございます」

「このままでは打首獄門か」

政直の眉間《みけん》に皺《しわ》が刻まれた。

「そうはさせません」

政直の前だとつい気分が高揚してしまう。政直はしばし黙考の後、

「鬼頭と浜田を呼べ」

と、告げた。

太田の来訪を黙っているわけにはいかない。

「太田隠岐守さまがいらしております」

政直は苦笑を浮かべた。

「父上、耳ざといのう」

それから涼之進は廊下に出て鬼頭、浜田、太田を呼んだ。

三人が来るまでの間、政直は書見に戻った。何事もないかのように字を視線が追っている。黙々と書見を続ける政直と交わす言葉もなく、待つ時の長さといったらなか

った。やがて、三人が入って来た時にはほっと安堵《あんど》すらした。

「父上、ようこそおいでくださいました」

政直は太田に挨拶《あいさつ》をした。太田は温厚な顔で挨拶を返す。

「涼之進から聞いた」

政直はそう言った。その言葉の中にいかがするのかという問いかけを含んでいた。

鬼頭が答えようとする前に、

「ここは、手を打つべきと思うがな」

太田が筒井に工作を持ちかけよと言った。

「筒井殿が留守居役を呼び付けたのは、筒井殿とて事を穏便に済ませたいという思惑があってのことじゃ。それならば、その手に乗らぬことはない」

太田の言葉に鬼頭も浜田もうなずいている。政直は涼之進に向いた。

「いかに思う」

政直ばかりではない。鬼頭や浜田、それに太田の視線までもが涼之進に集まった。

鬼頭は暗に賛同せよと目で言っている。こうなると、自分の考えを通したくなった。

「わたしは久谷を信じます」

まずそう言った。

政直が無言で促す。

「濡《ぬ》れ衣《ぎぬ》を着せられた者は当家の家臣。当家の家臣を見殺しにはできません」

涼之進ははっきりと言った。浜田の顔が苦虫を嚙《か》んだように歪《ゆが》められた。

「むろん、久谷が濡れ衣を着せられたことはわたしも信じたいと思います。しかしながら、それを明らかにする手立てがございません。となりますと、このまま打首獄門という極刑が待っております。家臣がそのような極刑に処せられては武芝家の家名にかかわります」

鬼頭は真っ赤な顔で訴えかけた。援軍を求めるように太田を横目に見たが、太田は素知らぬ顔を決め込んでいる。

「ですので、ここは、現実的な解決を求めて行くべきと存じます」

鬼頭としてはまさに勇気を振り絞っての言上であったろう。政直は黙ったまま涼之進を見据えた。ここは発言を控えている場合ではない。ちゃんと自分の意見を貫こう。

「御家老の申されることとよくわかります。武芝家の家名を守る。それはきわめて重大なこと。決しておろそかにできるものではございません」

まずはこう言った。

政直は目を閉じている。鬼頭と浜田は警戒心を抱きながらこちらを見ている。太田は知らん顔だ。

「しかしながら、諫早《いさはや》藩武芝家は領民あって、家臣あっての武芝家でございます。家臣を見捨てて、なんの家名でございましょう」

声を励ました。

政直の目が開かれた。

すると浜田が、

「なるほど、沢村の申すこともっともでございます。ですが、久谷が無実という保証も確証もございません」

すかさず政直が、

「どうじゃ」

と、涼之進に目を向けてきた。

「それを探し出したいと思います」

力強く答える。

「できるかな」

半ばからかうような声音は太田が発したものである。それは涼之進の気持ちを大いに煽《あお》り立てるものだった。

「やったるたい！」

我知らず拳《こぶし》を突き上げる。

鬼頭と浜田が困り顔で舌打ちをした。

政直はうなずく。それから、

「涼之進の申すこと賛同しよう」

と、言った。

すると太田が、

「政直殿、しかと御覚悟召されたのじゃな」

政直は太田に向き直った。

「いかにも。藩主たる者、家臣を見殺しにはできませぬ。見殺しにしたとあれば、それこそ、世間の笑い者」

「それが死罪を賜る罪人としてもか」

太田は目に力を込めた。

「同じこと」

政直は毅然《きぜん》と言い返した。それから涼之進に向かう。

「涼之進、ただちに探索を始めよ」

と、言った。

「御意にございます」

涼之進はそれから書院を辞した。

涼之進は御殿を出た。すると、蔵番頭《くらばんがしら》佐々木金之助《きんのすけ》がやって来る。のほほんとした顔で、

「何事かあったのですか」

「まあな」

一々、説明している暇はない。それだけ言い残すとその場を立ち去る。ここで、佐々木が背中越しに、

「戻られたら寄ってください。おからが美味《おい》しく炊《た》けましたから」

佐々木の料理の腕は中々である。武家長屋が隣合せとあって、ちょくちょく料理を持って来てくれる。それはそれでありがたいのだが、今はそんなことに気持ちを傾けるゆとりはなかった。

「また、お出かけですか」

門番に声をかけられながら潜《くぐ》り戸から出て行った。

「門限、守ってくださいよ」

門番の忠告に右手を上げて応《こた》えると再び駆け出す。

まったく、よく走る日である。

一方、政直の書院では太田が、

「やはりこうなったか」

と、苦笑交じりに言う。

「まったく」

まったくの後、困った男だと鬼頭は言いたそうだったが、それは政直の手前口には出さなかった。

「相変わらず面白い男じゃな」

太田は言ってから、

「そうじゃ。親しくしている御老中はどなたじゃ」

太田は浜田に聞いた。

「特に懇意にしておる御老中はおりません」

「それはいかんな」

太田は顔をしかめた。

大名は老中に繋《つな》ぎをつけている。何かと便宜を図ってもらうためだ。老中に後ろ立てとなってもらうことは御家生き残りのためには必要である。だが、それだけの贈答品も必要となることは自明の利だ。

浜田が答えた。

「一応、水野出羽守《でわのかみ》さまには」

「それはよい」

太田の顔が綻《ほころ》んだのも無理はない。水野出羽守忠成《ただあきら》は沼津藩主。将軍徳川家斉《いえなり》の側《そば》用人《ようにん》を兼任し老中首座という幕閣の頂点にある。「此度《こたび》の殿の婚礼のことも水野さまに報告をしております」

「よい。よくぞ、渡りを付けられたものじゃ」

太田が言った。

「沢村が土方《ひじかた》殿と懇意になりまして」

浜田の言葉に太田は目を丸くした。

土方とは土方縫殿助《ぬいのすけ》、水野出羽守の家老で、将軍徳川家斉からの信頼も厚いという男である。

五

「あいつもやるではないか。猪突猛進《ちょとつもうしん》だけの男ではないということか」

太田は言葉ほどには感心していない。

「いかにも」

浜田も不承不承承諾をする。

「政直殿、よき、家臣を持たれましたな」

「今日、初めて誉《ほ》めてくださいましたな」

政直の目元が緩んだ。

書院がわずかに和んだ。

涼之進は久谷が町宿をしていた新川の扇屋三蔵の店にやって来た。着替えようと思ったが、一刻の猶予《ゆうよ》もないと、奉行所へ飛んで行ったままの羽織、袴《はかま》姿だ。

すぐに三蔵に面談を求めた。縞柄《しまがら》の袷《あわせ》に羽織を重ね、扇屋の屋号が染め抜かれた前掛けを身に着けた三蔵から、茶の一杯でもと誘われたが、そんなゆとりはない。

「すぐに、長屋に行きたい」

「承知しました」

三蔵は応じた後に、沢村さま、相変わらず大変でございますなあと同情の言葉を漏らした。以前、政直の命令で藩邸の経費削減を手掛けたことがあった。出入り商人への支払い金額を抑えようと奔走し、その最中《さなか》に三蔵とは懇意になった。三蔵は懸命に働く涼之進に好感を抱き協力をしてくれた。

今度も厄介な役目を任されたと心配しているようだ。

二人は長屋へとやって来た。

日当たりのいい長屋だ。うらぶれた感じはしない。路地を挟んで九尺二間の棟割長屋が並んでいる。路地には子供たちが遊んでいた。突き当りの井戸端では女房たちが洗濯をしていたが、何やらひそひそとそれでいて熱心に話をしていた。きっと、久谷とお富のことを話しているに違いない。三蔵が武士を連れて来たということで、話声がやんだ。棟割長屋の中ほどがお富の家であるようだ。そこに立ち、三蔵は腰高障子を開けた。

が、建付けが悪く簡単には開かない。ぎしぎし音を軋《きし》ませながらようやくのことで開けると三蔵はばつが悪そうな顔をした。

中を見渡す。

ごく普通の棟割長屋である。土間を隔てて小上がりになった板敷は四畳半ほど、土間にはへっついがあり、鍋《なべ》が掛けられていた。板敷には筵《むしろ》が敷かれ、衣紋掛《えもんか》け、ちゃぶ台、箪笥《たんす》、行李《こうり》などの所帯道具の他に中棹《なかざお》の三味線が漆喰《しっくい》の壁に立てかけられてあった。隅には枕屏風《まくらびょうぶ》があり、布団《ふとん》がきちんと折りたたまれている。狭いながらもきちんとした暮らしぶりがされていたようだ。お富はきれい好きであったのかもしれない。

「きちんとしていましたからね。お富さんは」

三蔵が言う。

「そのようだな」

涼之進も部屋の中を見回した。

筵の真ん中が赤黒く残っているのはお富の血痕《けっこん》のようだ。

「おまえも、亡骸《なきがら》を見たのか」

「はい」

三蔵は肩をすくませた。その時の恐怖が蘇《よみがえ》ったのか、唇が真っ青になっている。

「それは無残なものでした」

三蔵が語ることは奉行所で見た口書と違いはなかった。もっとも、三蔵はお富の刺し傷を確認してはいない。

「お富はどんな具合に倒れていたんだ」

「それは」

三蔵は板敷に残る血痕を指差して、

「あの辺りに仰向《あおむ》けに」

と、答えた。

「どんな具合だ」

「ですから、仰向けに」

呆《ほう》けた顔をする三蔵に、

「ちょっと、寝てみてくれ」

涼之進は返す。

「ね、寝るのでございますか」

三蔵はおっかなびっくりとなった。

「少しでも、その時の状況を確かめたいのだ。頼む」

三蔵は躊躇《ためら》っていたが、

「わかりました」

と、小上がりに上がった。それから気味悪そうな顔をしていたが思い切ってごろんと横になった。足をこちらに向けていると思ったが、意外にも頭が戸口の方を向いている。

「まこと、そんな具合だったのか」

念のために問う。

「はい、この通りでございました」

三蔵は起き上がろうとしたが、

「そのまま、そのまま」

と、涼之進は声をかける、三蔵は仕方なく再び横になる。涼之進も上がり込み、三蔵の足元に立った。それから三蔵を見下ろす。血は板敷のみだ。

「血は周りには無かったのか」

「ありませんでした」

三蔵は長屋の女房連中と共にここを掃除したという。

「すると、この板敷でもみ合って、刺されたということか」

涼之進はちょっと立ってくれと三蔵を促す。

「お富はどれくらいの背丈だった」

「ええっと」

三蔵は屈《かが》むと思ったが、

「わたしくらいでしょうか」

三蔵は五尺一寸、お富も同じくらいだという。ということはかなり大きめだ。それに対して久谷は五尺五寸はある。かなり大男だ。

涼之進は三蔵と対峙《たいじ》した。

「ここで、こう」

涼之進は大刀を抜く。

「おやめくださいよ」

三蔵は恐怖の表情をたたえる。

「傷つけはしないさ」

言いながら大刀を右手に持ち、三蔵を刺そうとした。すると、背後の箪笥に肘《ひじ》が当たる。どうにも窮屈である。お富は五か所刺されていた。

「お富は倒れていたのか」

再び三蔵を仰向けにする。三蔵は最早《もはや》言われるままになった。仰向けに倒れた三蔵に真上から刀を刺す振りをした。

「ま、このようにすれば、刺せないことはないが、なんとも窮屈なことだな」

それが嘘《うそ》偽らざる感想である。

「もういい」

やっとのことで解放され、三蔵はやれやれと立ち上がった。

「久谷とお富の関係なのだが、そんなに親しかったのか」

「お富が一方的に恋い焦《こ》がれておったようです」

久谷は見かけ通りの男前。お富は何かと甲斐甲斐《かいがい》しく世話を焼いていたようである。

「久谷の方はどうだったのだ」

「さて、それは」

三蔵は言いながら首を捻《ひね》っている。いくら、扇屋の持ち物であろうと長屋の住人の人間関係までは把握できていないようだ。

すると、三蔵が今になって不思議そうな顔をした。

「あの、久谷さまの仕業ではないのですか」

と、まるで悪いことを訊《き》くみたいに声を潜めた。

「そうだ」

当然の如《ごと》く答える。

三蔵は何か言いたそうな顔になったが、逆らうことの不利を思ったのだろう。じっと、黙っていた。それから、

「では、女房連中から話を聞くとしましょう」

と、表に出た。涼之進もついて外に出る。路地を歩き、井戸端で洗濯をしていた女房たちの近くに赴く。女房たちは警戒心丸出しにして黙り込んだ。

「ちょいと、久谷さまのことで話を聞かせておくれよ」

商人らしい物腰の柔らかさで尋ねた。

「頼む。わたしは武芝家中の沢村と申す」

と、涼之進も笑顔を送る。それから、

「久谷が迷惑をかけてしまい申し訳ない」

女房たちはこくりとうなずく。

「久谷の暮らしぶりを教えてはくれぬか」

すると女房の一人が、

「とっても気さくでよいお方です」

久谷は力仕事を手伝ってくれたり、洗濯物を干すことを手伝ってくれたりとそれは気さくで親切な男であると言った。長屋に溶け込んだ、よい男のようだ。長屋の女房

連中ともうまくやっている。

「お侍さまということで、どんな怖いお方かと思っていたんですけど、それはそれはお優しいお方でした」

別の女房も誉めそやした。

「お富はどんな女だった」

誰もが顔を曇らせた。

「どうした、訊かせてくれ」

涼之進は精一杯の笑顔を作る。

「まあ、なんというか、久谷さまにぞっこんでね」

一人が言うと、

「ずいぶんとしつこく言いよっていましたよ」

もう一人も言う。すると、それに勢いを得たのか他の二人も、お富がいかに色狂いで男前の久谷にぞっこんであったかを口々に披露した。

「久谷さま、お人がいいから、お富さんが言い寄るの断りきれなくて、はたで見ていて気の毒でしたよ」

みな、力強く賛同した。

六

お富は一方的に久谷に懸想《けそう》し、長屋の女房たちはそのことで久谷との間で争い事が生じ、その揚句に殺されたのだと思っているようだ。

「わかった。すまなかったな」

話を終えた涼之進に、

「久谷さま、どうなるのでしょう」

女房が心配そうに尋ねてくる。

「すぐに解き放たれるさ」

涼之進は明るく答える。

「本当ですか」

問い返した女房の顔には疑問が彩《いろど》られている。

「久谷が殺したのではない」

自信たっぷりに答えたものだから女房たちも半信半疑ながら笑顔を浮かべた。

女房たちと別れてから三蔵に、

「お富には姉がいるそうだが」

久谷はどう見ても妹だと言っていた。歳《とし》を誤魔化していたお富なればこその取り繕いと言えた。

「永代寺門前町の料理屋折鶴で、女中をしております」

「わかった。すまなかったな」

立ち去ろうとしたが三蔵に呼び止められた。三蔵は危ぶんだ顔をしている。

「どうした」

「また、沢村さま、ご無理をなすっていらっしゃるんじゃないですか」

いかにも心配そうだ。

「そんなことはないさ。当然の役目を行っているだけだ」

「ご無理は禁物でございますよ」

「心配御無用だ」

三蔵の肩をぽんぽんと叩《たた》き長屋を後にした。

永代寺の門前町にやって来た。永代寺は富岡八幡宮の別当寺で深川きっての巨刹《きょさつ》である。従って門前町は多くの茶店や料理屋が軒を連ね、木枯らし吹く冬の昼下がりでも大勢の人出で賑《にぎ》わっている。折鶴は門前町にあってもひときわ大きな料理屋だった。店を覗《のぞ》くと、お道は姉が死んだことで今日は暇を取っているという。住まいを教えてもらい、店を辞去した。お道の住まいは店の裏手にある栄進寺という寺だった。どうして寺に住んでいるのだといぶかしみながら訪《おとな》いを入れる。栄進寺は浄土宗の寺でこぢんまりとしていた。さほど広くはない境内の片隅に瓦葺《かわらぶき》の家がある。そこにお道は住んでいるのだということだった。

格子戸《こうしど》を開ける。

格子戸には喪中の札が貼《は》ってあった。

近くを通りかかった小坊主《こぼうず》にここは何をしている所だと聞くと、

「皆川堂観《みながわどうかん》先生の手習い所でございます」

皆川堂観とは肥前浪人で、三月前から近所の子供たちに手習いを教えているそうだ。肥前有田《ありた》藩五万石、諫早とは有明海を挟んでいる。三年前に無届で城を修築したという理由で老中松林備前守《まつばやしびぜんのかみ》によって改易に処せられた。

お道は皆川の女房となっているらしい。

「そうか、わかった」

礼を言ってから、

「御免」

と、格子戸を開けた。

「はい」

きちんとした声が返された。すぐに女が一人、やって来た。地味な弁慶縞《べんけいじま》の小袖《こそで》を着ているが、たおやかな面差しの品のある女だ。

「拙者、武芝家中の沢村涼之進と申す」

武芝家の者と聞いて女の眉《まゆ》がぴくりと動いた。それでも、気持ちを制御しているのだろう。黙って両手をついている。

「お道か」

「はい。一体、御用向きはいかなることでございましょう」

顔を上げ、毅然《きぜん》と聞かれた。

「お富のことで確かめたいことがあってまいった」

「まだ、亡骸も下げ渡されておりません。通夜《つや》もできずにいるのです」

その口調には抗議が滲《にじ》んでいた。

「それは気の毒であるな」

「何用でしょう」

お道の声には棘《とげ》があった。

「当家の久谷九十郎がお富を殺《あや》めたと思っているのであろうが」

即座にお道はきつい目で、

「まさか、違うと申されるのですか」

「わたしは久谷の無実を信じている」

お道に、何か珍しそうな動物でも見るような目つきをされた。

「だから、あの一件を調べておるのだ」

「なんだか、往生際《おうじょうぎわ》が悪いですよ」

いきなりお道は立ち上がった。

「話を聞かせてくれぬか」

「話すことなんてありません」

けんもほろろの応対である。

「手間は取らせぬ」

「お引き取りください」

お道は踵《きびす》を返した。

「頼む」

涼之進は頭を下げた。

ところがお道は聞く耳を持たない。揉《も》めているところに男が入って来た。髪を儒者髷《まげ》に結い、黒の十徳を身に着けている。歳の頃は三十半ばか。浅黒く日焼けし、頬骨が張り、細い目は涼之進を射すくめるように尖《とが》っている。身形《みなり》からしてこの男が皆川堂観であろう。男がお道に視線をやったところで、お道は主人だと紹介した。涼之進も素性を名乗り、訪問の理由を語った。

「ともかく、お上がりくだされ」

皆川が話を聞く姿勢を示したものだから、お道としても無視はできないようだ。了承して奥へと引っ込んだ。涼之進は皆川の案内で玄関を上がり、すぐ右手にある部屋に入った。十畳の座敷には天神机が並べられている。その数、二十人分くらいだろうか。ところが、今日は無人だ。

「家内の姉のことがありましたので、今日は休講しております」

皆川が言った。

「本日、お尋ねしましたのもその一件です」

切り出したところで、

「まあ、お座りくだされ」

と、座るよう促された。涼之進は天神机の一つの前に座った。身体《からだ》には合わない机に幼い頃の郷愁を感じてしまう。

「お富、気の毒なことをしました」

皆川は唇を噛《か》んだ。

「まずは、お悔やみ申し上げます」

涼之進も真摯《しんし》に頭を下げる。

「まあ、家内にとってはただ一人の肉親ですから」

お富とお道の姉妹は飾り職を営む父親を持っていた。早くに母親を亡《な》くし、男手一つで育てられた。ところが、父親はやがて酒と博打《ばくち》に溺《おぼ》れ、お富は柳橋の芸者となった。その内、父親は喧嘩沙汰《けんかざた》が元でこの世を去った。お道は料理屋で働くようになった。

「折鶴の主人、金兵衛《きんべえ》殿が学問好きでしてな」

皆川が蘭学《らんがく》に通じていることを知るや、付き合いが始まり、

「学問を講義する代わりに飯を食わせてくれるようになりました」

皆川は料理屋に寄宿した。そこで知り合ったのがお道である。

「そして、子供たち相手に手習いでも教えたらということになりましてな」

皆川は苦み走った顔をかすかに綻《ほころ》ばせた。

それが三月前だという。皆川の慈愛溢《あふ》れる笑顔は子供たちを深い愛情で包み込んでいるようである。

「ところで、わたしはお富を殺したのは当家の久谷九十郎とは思っておりません」

涼之進はまずは強く主張した。

「ほう、それはいかなる理由ですかな」

皆川は細い目をぱちぱちとさせた。

「あの者、人を殺せる男ではございません」

涼之進は大真面目《おおまじめ》なのだが皆川はきょとんとしてから、

「面白いご仁じゃ」

と、呆《あき》れたようだ。それから、そうした自分の言動を無礼だと思ったのか、

「いや、失礼した。沢村殿のお立場を考えれば、それを信じておられるのは至極当然のことでござるな」

「ですから、こうして調べて回っておるのです。ここに来る前はお富の家に行ってまいりました」

「沢村殿の行いを批判するわけではございませんが、あの一件は南町が既に取調べを行ったのではございませんか。あ、いや、それに不服ということでこうしてやって来られたのですな」

「そういうことです」

涼之進は目を大きく見開く。

「お富には会ったことがあります」

皆川は言った。

「いかに思われましたか」

「それは」

皆川は言い辛《づら》そうにしていたが、

「ひどい姉でしたよ」

いきなりお道が入って来た。皆川の横に座って涼之進を見返す。涼之進が無言で話の続きを促すと、

「とにかく身勝手で、それで、ころころと男を変えて、ほんと、仏になったら悪口は言ってはいけませんけどね、でも、姉の男出入りの激しさったら、なかったですよ」

「惚《ほ》れっぽいのか」

するとお道はおかしそうにころころと笑ってから、

「淫乱《いんらん》って言ったほうがいいですよ」

「淫乱……」

涼之進には言葉は聞き慣れないが、意味するところはわかる。姉のことを悪《あ》しざまに言う妹が信じられない。

「気に入った男と見れば手当り次第ですよ」

お道の声は冷めていた。

七

「すると、久谷だけではなかったということか」

「そうだと思いますよ」

お道の物言いは捨て鉢なものだった。

しかし、これで一つ手がかりが得られたような気がする。お富の男関係だ。最近の男出入りを調べる。それだ。

「ところで」

お道の目が据わった。嫌な予感に駆られる。果たして、お道の口から出た言葉はまさしく不快感を抱くものだった。

「ところで、武芝さまからの見舞金はどうなっておるのでしょうか」

皆川がさすがにその言葉を制するように、

「それはまた後日の話。今、この場ですべきことではない」

いかにも諭すような物言いだが、久谷が姉を殺したと信じるお道にすれば引く気などさらさらなく、

「見舞金を寄こすのは当然というものではありませんか」

と、主張してやまない。

「だから、まだ、久谷が下手人と決まったわけではない」

そう言ったものの、

「ですけど、御奉行所は久谷さまを下手人として捕縛しています」

「だから、それは間違いだ」

涼之進はうんざり顔で反発をするが、お道はそれで引き下がることもなく涼之進に突っかかってこようとした。皆川が前に出てお道を制した。

「なるほど、沢村殿の申されることはよくわかります。しかし、お道にしてみれば、

唯一《ゆいいつ》の肉親を失ったのです。その悲しみをお察しください」

皆川は声の調子を落とした。

本当に悲しんでいるのだろうか。お道はお富のことを淫乱な女だと蔑《さげす》み、殺されたのは自業自得《じごうじとく》と言わんばかりである。それでも、血の繋《つな》がった姉は姉ということなのだろう。お道の言動を表面的に見ていたら物事の真実を見失うかもしれない。肉親がこの世を去り、悲しくない者などいないのだ。だから、お道にすれば、姉に対するせめてもの慰めは久谷が属している武芝家から見舞金をせしめることなのだろう。

その気持ちはわかる。

しかし、それを飲んでしまえば、下手人が久谷であることを認めてしまうことになる。

そんな思いが胸を突き上げる。

「どうなのですか」

お道は迫ってきた。

「久谷が下手人ということが確定したら考えよう」

「それはいつですか」

「それは……」

裁許が申し渡されればということなのだろうが、それを口に出すことは憚《はばか》られる。

すると、横から皆川が、

「裁許の申し渡しはいつですか」

と、問うてきた。

「……」

答えられない。

「いつなの」

お道も問いかけてくる。

「まだ、わからん」

そう突っぱねてしまった。お道は不満顔だが皆川はお道を制した。

「わたしは長崎で学んだことがあります。その際、諫早にも何度か足を運びました。実に風光明媚《めいび》、土地の者たちは心温かく、接していて気持ちよく、尚且《なおか》つ心和みました。領民たちは武芝家に感謝の言葉を述べ立てていました。ですから、その武芝家がまさか、理不尽な真似《まね》をなさることはございますまい」

皆川の物言いは丁寧ながらそこにははっきりとした毒が感じられた。

「いかにも、当家は領民を理不尽に扱うことはござらん。むろん、当家の者が危害を加えたならば、その償いはします」

「その言葉、しかと受け止めましたぞ」

皆川は言った。

「むろんのことです」

涼之進は踵を返した。

背中にお道の痛いくらいの視線を感じた。

どうにか、手がかりを得ることはできた。お富の男関係だ。といっても、お富の男出入りをどう調べればいいのか。ともかく、お富の家に戻ろうと思った。

新川のお富の家にやって来た。

すると、

「涼さん」

と、肩を叩《たた》かれる。振り返ると平原主水である。

思わず笑みがこぼれた。

「やってなさるね」

平原が気さくに声をかけてきて、涼之進を道の端へと導いた。

「お富の男関係を洗ってたんですわ」

「ええっ」

「どうしたんすか」

「いや、平原さん、どうしてそんなこと」

「決まっていますよ。涼さん、一人で奮闘なさっておられると思っていましたんでね。ここは一肌脱ぐのが江戸っ子ってものですよ」

「それはありがたいが、そんなことをしていいのかい」

「もちろん、内緒ですよ」

平原の屈託のない物言いに気が晴れた。そして、何よりも感謝で胸が温かくなった。

「で、男関係を洗ったんですよ」

「なんで、お富の男関係を洗う気になったんだい」

「こういうのは、十中八九、男がからんでいるもんですよ」

さらりと平原は言ってのけた。それで、平原はお富が出入りしている柳橋の料理屋を当たったという。

「このところ、懇意になっている男が見つかりましたよ」

さすがは平原である。自分の行く先々に先回りをしている。感心して言葉も出ない涼之進に向かって、

「餅《もち》は餅屋ですって」

さりげなく言うと、これから一緒に行きませんかと誘われた。涼之進に断る理由はない。

「行きます」

二つ返事で答えると平原はこっちですと歩き出した。

そこはお富の家からほど近い湯屋だった。

「ひとっ風呂《ぷろ》浴びたいところですがね、ここの二階ですよ」

と、平原は二階に上がって行く。涼之進も続いた。湯屋の二階は風呂上りの客にとっては休憩所であると同時に社交の場でもあった。男たちが草双紙を読んだり、囲碁や将棋を打ったり、うだうだと世間話をしたりと思い思いに過ごしている。

その中に、縞柄《しまがら》の小袖《こそで》を着流して、あぐらをかき煙草《たばこ》を吸っている若い男がいる。周囲の者と煙草の白い煙を吐きだしながら女湯を覗《のぞ》いて、どの女がいいだのとくだらない話をしていた。平原がそこに近寄る。

「権次《ごんじ》だな」

平原は上から見下ろした。

「へい」

煙管《きせる》を咥《くわ》えたまま見上げる権次はいかにもめんどくさそうな顔つきであった。

「ちょっと、話があるんだ」

権次は知らん顔だ。いきなり、平原は権次の横っ面《つら》を張った。権次の口から煙管が飛ぶ。周りの客たちが息を呑《の》んで成行きを見守っている。

「なんですよ」

権次は左の頬を手で触りながら媚《こ》びるような目つきとなった。

「表へ出な」

有無を言わせない平原の物言いにはさすがに権次も逆らいはしなかった。

「来い」

言ってから平原は踵《きびす》を返した。権次は従うように後ろをついていく。ところが、階段に至ったところで、突然、平原の背中を蹴《け》とばした。不意をつかれた平原は階段から転げ落ちた。

「退《ど》け!」

権次が喚《わめ》きながら窓へと向かう。虚を突かれたのは涼之進とても同様だが、すぐに権次を追う。権次は窓をまたぎ、屋根に下りた。

「待つたい」

涼之進も追う。

権次は屋根に下り立つと瓦《かわら》の上を走って行く。涼之進も追う。権次が振り返り、瓦を引っぺがすと涼之進に向かって投げつける。咄嗟《とっさ》に頭を下げる。頭上を瓦が飛んでゆく。権次は次々に瓦を投げてきた。涼之進は大刀を鞘《さや》ごと抜き、飛んでくる瓦を叩き落としていく。五枚の瓦を防ぐと、権次が踵を返した。屋根を走って行く。涼之進も必死の形相で追う。

「すげえや」

とか、

「やれやれ」

たちまち往来には野次馬が群れだした。物見高い連中に煽《あお》られながら涼之進は権次を追う。湯屋の隣、棟割長屋の屋根が長く続いている。涼之進はその屋根に飛び下り走って行く。権次の速度が鈍ってきた。

「やったるたい！」

気合い一発。

涼之進は飛び上がった。宙を舞ったと思うと権次の背中にぶつかる。

二人の身体《からだ》はもつれ合うように屋根瓦を転がり、往来へと落ちていった。

八

尻《しり》をしたたか打ったが痛みを堪《こら》えて涼之進は腰を上げる。顔には泥がこびりついている。それを払うと、平原が追いついた。

「面目ござんせん」

平原は自分の不明を恥じ入るように頭を掻《か》き掻きやって来る。それから涼之進の足元で倒れている権次に怒りの目を注いだ。権次は、

「勘弁ですぜ」

と両手を合わせて平原を拝んだ。

「ふざけるな」

平原が権次を張り倒そうとした右手を涼之進が摑《つか》んだ。平原ははっとしたように右手を下げ舌打ちをした。

「てめえ、何で逃げた」

「だって、八丁堀の旦那《だんな》がいきなり押しかけていらしたら、誰だってびびりますよ」

「だからといって逃げるというのは、やましいことをしている証《あかし》だろうが」

言いながら平原は権次を立たせた。それから、

「まあ、いい。おまえ、柳橋の芸者でお富を知っているな」

権次の目が泳いだ。それから、

「ええ、誰だったかな」

たちまち平原が凄《すご》い目を向ける。権次はあわてて、思い出しましたといかにもわざとらしく言い、それからおもむろに、

「お富がどうかしたんですか」

「知らないのか」

平原が言うと涼之進は横で権次の表情を窺《うかが》う。権次は俯《うつむ》き加減にお富がどうかしたのかと聞き返す。

「死んだ。殺されたんだ」

「ええっ」

驚いたのは芝居だろうか。それとも心底驚いているのかは判然としない。平原は真

偽を確かめるように視線を凝らしたが、引き続いて、

「おまえ、心当たりないのか。下手人のだ」

「旦那、まさか、あっしのこと疑っていなさるんじゃないでしょうね」

「疑られるようなこと、やっておるのか」

「冗談じゃござんせんや」

かぶりを振って権次は自分はお富と懇《ねんご》ろになっていたが、それは今が偶々《たまたま》そうしているのであって、お富という女がいかに男好きで親しくなった男に事かかないのかを捲《まく》し立てた。

「それに、ああ、そうだ」

いかにも心当たりがあるかのように権次は手を打った。

「なんだか、儲《もう》け話があるって言ってましたよ」

「てめえ、思いつきを口にするんじゃねえぞ」

「なら、いいですよ。そんなに信用できないんなら話しませんや」

権次は横を向いた。それを平原が頭を小突いて話をさせようとしたが、涼之進がそれを諫《いさ》め話の続きをするように促した。権次は不満そうな顔をしながらも、

「侍をたぶらかしたそうですよ。なんでも、その侍の弱みを握ったそうで、近々の内

にまとまった金をせしめるってこってした」

「いかほどだ」

「まあ、十両くらいだってこってしたけど」

言ってから権次は、たかだか十両ですけどね、などとお富の企てがちんけだと嘲《あざけ》った。それから平原に怖い目を向けられて首をすくめた。

「どうやって十両をせしめる気だったんだ」

「具体的には知りませんけどね、でも、お富のことですからね、おそらくは美人局《つつもたせ》でもやったんでしょうよ」

お富はこれまでにも、大店《おおだな》の主人、御家人、僧侶《そうりょ》、など金を持っていそうで表沙汰《おもてざた》になったらまずいような連中を美人局に引きずり込んだのだという。大抵、五両から十両で話をつけていた。

「美人局をするにはお富の片棒を担《かつ》ぐ男が必要だ。おまえがそうなのではないのか」

「まあ、正直申しましてね、あっしも何人かは手伝いましたよ。でも、今回は声がかかりませんでしたね」

権次は今回も手伝おうかと声をかけたという。

「ところが、今回は自分一人で大丈夫だって」

いつもは稼いだ金の半分を権次が貰《もら》うのだが、今回は自分一人で十分だ。

「きっと、おれに分け前を渡すのが惜しくなったんでしょうよ。それに、おれの出る幕がないくらいにやわな相手らしいですよ」

ふと、久谷九十郎の顔が浮かんだ。心優しい茫洋《ぼうよう》としたあの男ならやわに見える。美人局を仕掛けるにはうってつけかもしれない。しかし、お富はかいがいしく久谷の世話を焼いていたという。その好意と美人局とは相いれないものがある。それに、十両の金、久谷に払えるとは思えない。お富が美人局を仕掛ける相手は金を持っていそうな男たちだ。久谷はそれには当たらない。

考えにふけっていると、

「他に男をこさえたのかもしれねえぞ」

平原がニヤリとした。権次の目に気弱な火がついた。

「おめえ以外に美人局の片棒を担がせるのに都合のいい男ができたのかもしれねえって、言っているんだよ」

「そりゃ、いかにもありそうですぜ。お富ならね」

否定しない権次の言葉はいかにもお富という女の人間性を伝えているようである。

「それが、悔しくて殺した、んじゃゃねえのかい」

平原の声は低い。

「そんなことするわけねえじゃないですかい」

「ゆんべ、何処《どこ》で何をしていたんだ」

「おらあ、この界隈《かいわい》で一杯やってましたぜ」

権次は店の名前を告げ、確かめてみてくれと言い足す。平原は疑わしげな目で見ていたが嘘《うそ》だったらしょっぴくと凄みを利《き》かせた。これ以上はこの男に聞いても仕方がない。

「なら、涼さん。わたしは権次の言ったことの裏を取ってきますよ」

「おいも一緒に行くたい」

「いや、ここはわたしに任せてください。それより、藩邸に戻られたほうがいいですぜ。もし、権次の言ったことが嘘でしたら、番屋にでもしょっぴきますから」

平原の親切心が心に染《し》みた。確かに藩邸の事も気になる。

「すまない。任せるよ」

軽く頭を下げる涼之進に平原は笑顔で答えた。

藩邸に戻った時には夕暮れとなっていた。

門番が鬼頭さまが用部屋でお待ちだと言っている。そこに来客があるというのだ。誰だろうと首を傾《かし》げながら客間へと急いだ。

「失礼します」

と、襖《ふすま》を開ける。

「おお、しばらくじゃな」

声が返された。

来客は土方縫殿助、老中首座水野出羽守忠成の懐刀《ふところがたな》である。

「これは、土方さま。今日はまた」

何用かと目で聞く。よりによってこんな忙しい時に押し掛けて来ることはなかろうとの思いを胸に押し込む。土方はいつも通りの快活さで、

「決まっておろう。久谷何某《なにがし》が仕出かした殺しについてじゃ」

と、まるで世間話でもするかのように切り出した。鬼頭をちらっと見ると、

「土方殿はのう、ご親切にも事態の収拾に動いてくださっているのじゃ」

と、言い添える。

「それはご親切に」

言いながら土方を窺う。艶々《つやつや》とした顔色、その笑顔の奥に潜む、狡猾《こうかつ》さ、抜け目な

さはよく知っている。

「いかにも、お耳が早うございます」

「それはそうだ。耳は衰えていないさ」

土方はおそらく膨大かつ細密な情報網を持っているに違いない。きっと、今回のこともいち早く耳にして、乗り込んで来たのだろう。狙《ねら》いは武芝家に恩を売ると同時に金であろうか。

「それでじゃ。裁きを延期するよう、わが殿から筒井殿に要請する」

土方はしれっと答えた。

「久谷は無実であります」

涼之進は堂々と言った。土方は無表情にそれを聞き流す。それから、さもおまえの気持ちはわかるとでも言いたげに二度、三度とうなずくと、

「じゃがな、世間の目というものがあるからな」

「どういうことでございましょう」

土方が言うには世の中というのはこの手の話が好きなのだという。

「男と女の修羅場というかのう、醜聞というのかのう。それを嫌いな者はおらん。じゃからじゃ、たとえ、久谷がお富なる芸者を殺《あや》めてはいないにしろ、そうした話とい

うものは広まる。広まってからでは遅いぞ」

つまり、武芝家の名誉にかかわると言いたいようだ。そうなる前に手を打てと言いたいのだろう。土方が、久谷をどのように処理するのかいささかの興味は湧《わ》いたが、どのような方法であれ、政治的な解決に持ち込むに違いない。

「ここは、任せろ」

土方はにんまりとした。

鬼頭も困ったような顔をしている。

九

「しかし、土方さま、何をなさろうとおっしゃるのですか。筒井さまに袖《そで》の下でも贈ろうと。それで、裁きに手心を加えて頂こうというのですか」

いかにも不快感を滲《にじ》ませた涼之進に対して、

「そういうことじゃ」

土方は当然の如《ごと》く答える。

「筒井殿は賄賂《わいろ》などお受け取りにはならないでしょう」

「個人的には受け取るまいて。じゃがな、町奉行の役料を上げることにしてやればよい」

土方はさらりと言ってのけた。

「それで、どうするのですか。不問に付してもらうのですか」

「それはできん。久谷は武芝家とは関わりない者としてもらう」

それでは最初に戻ってしまう。久谷を見殺しにすることはできないからと奮闘していたのだ。

「不満そうじゃな」

「不満です。到底受け入れられるものではありません」

今日一日、久谷無実を信じて走り回ったことを語った。土方はふむふむと聞いていたが、

「それで、久谷の濡《ぬ》れ衣《ぎぬ》は晴らせたのか」

「ですから、それは、これからのことでございます。見込みは十分にあります」

「裁許までに真の下手人を見つけ出せるというのか」

土方は試すような物言いだ。はっきりと胸を張った。土方の手は借りたくない。土方といい太田といい武芝家の苦衷を食い物にしているようだ。親切ごかしで話を持ち

かけてきているが、その実は己が懐を肥やすことが狙《ねら》いだ。幕府の有力者である土方と手を切るつもりはないが、付けいられてなるものかという思いが強くなる。

「やったるたい、という気合いだけでは乗り切れんぞ」

土方の言葉は辛辣《しんらつ》である。

「わかっております」

「ならば、わしの手はいらんのじゃな」

土方は念を押すように言うと鬼頭に視線を移した。鬼頭は、「まあ、まあ」と土方を宥《なだ》める。土方は意地悪そうに、「どうなのじゃ」という問いかけを繰り返した。鬼頭は苦り切ったが、

「大丈夫です」

と、涼之進が答えてしまったのは多分に勢い以外の何ものでもないと責められても当然のことであった。それでも、ここは土方の力を借りたくはなかった。土方という男が嫌いではない。むしろ、好感を抱ける。これまでにも土方の力を借りて難事を切り抜けてきたことがある。それは涼之進とても感謝をしている。土方は癖のある人物だが、そのがさつといえるようなあけっぴろげさは策士であるにも拘《かか》わらず、陰湿な印象を受けることがない。味方につけておきたい人物であることは確かだ。

では、ここで土方の申し出を断った場合、その主人たる老中水野出羽守を敵に回すことになるのかというと、決してそんなことにはならないという涼之進なりの見通しがある。

松林備前守。

水野と対抗する老中だ。その松林がある限り、水野は武芝には好意的である。松林は武芝家を改易に追い込もうとした。それに対し、警戒心を持って当たっているのが水野である。どういうわけかわからないが、水野は武芝家を取り込んでおきたいらしい。

「土方さま、今回、土方さまのご好意には深く感謝申し上げるものです。ですが、今回は当家の力だけで凌《しの》ぎたいと思います」

殊更《ことさら》丁寧に言う。

土方はしばらく涼之進の顔を見ていたが、やがて破顔し二度首を縦に振った。それからよっこらしょとわざとらしい大きな声を出しながら腰を上げた。

「ありがとうございます」

涼之進は玄関まで見送ろうとしたが、

「よい」

土方はぴしゃりと言うと廊下を大きな足音を立てながら玄関へと歩いて行く。鬼頭が見送った。涼之進も放っておけず、後を追おうとしたが鬼頭に制せられ、客間に留まった。鬼頭はこっそりと土方に渡りをつけているに違いない。

涼之進の口からため息が漏れた。

「やれやれ」

鬼頭が戻って来た。

「土方さま、ご機嫌を悪くなさいましたか」

「そうでもなかった。むしろ、上機嫌だ。おまえの手並みを見たいとのことじゃった。どうやら、おまえのことを好きなようじゃな」

「やめてくだされ」

涼之進はばつが悪くなった。

「土方殿、隠岐守さまの仲裁を断った。まさしく、背水の陣じゃぞ」

自分からそれを招いてしまったのだ。ここは逃げることはできないし、そんなつもりもない。

すると、

「沢村殿」

と、廊下に呼び出された。勘定方を務める青木助次郎《すけじろう》という男だ。青木は何やら書付を持参している。その目はいぶかしみに彩《いろど》られていた。書付を見てみる。

「うっ」

思わず目が点になってしまった。それは久谷への金十両貸付を示す借用書だった。

「借用書か」

「そうです」

「借用の理由は」

「それは定かではありません。ただ、私事としか」

金十両とはまさか、お富が近々の内に金が入ると言っていた、その十両ということか。とすれば、久谷がお富から脅されていたということになる。さらには十両を渡さないで揉《も》めたのか。

「この十両、もう渡したのですか」

「それが、今日、取りに来る予定であったのです」

青木は言った。なるほど、借用書には久谷の花押《かおう》はなく印判も捺《お》されていない。

「わかった。かたじけない」

涼之進は軽く頭を下げた。

どういうことだ。やはり、久谷がお富を殺したのか。いや、そんなはずはない。この十両はきっと別のことに必要となったのだろう。それに、十両の手当はついたのだ。だから十両が原因でお富を殺す理由にはならない。そうだ、やはり、久谷ではないのだ。そう信じて間違いないだろう。

「どうした」

鬼頭も気になったらしくて問いかけてきた。内緒にするわけにはいかない。借用書の件と、お富が近々、侍から十両せしめられると言っていたことを話した。

「では、久谷がお富を殺したのか」

鬼頭ならずともそのように心配になってくるのは当たり前である。

「いや、そうではござらん」

まず強い調子で否定しておいてからその理由を語る。

「なるほどのう」

鬼頭は納得したが、それは心の底からというよりもすがるような様子である。鬼頭にすれば、今更、やはり久谷が下手人でした、ではすまされない。それは涼之進とて同様で、さらに言えば、武芝家自体もそうなのである。

「ともかく、久谷に十両の一件を確かめてみたいと思います」

早速南町奉行所に赴くつもりだった。ところが、

「沢村さま」

と、一人の家臣が近寄って来る。またもや、誰かの来訪なのかと身構えたところで、

「皆川と申すご仁が沢村殿を訪ねて来られました」

「皆川が」

皆川のしたり顔が脳裏をかすめた。何用かはわからないが、よい事ではないだろう。

涼之進は玄関脇《わき》にある控の間へと足早に向かった。鬼頭が心配そうな目を向けてくる。

その視線を背中に感じながら皆川が待つ控の間に入った。

「ご多忙の折、すみませんな」

皆川は表情を緩めていた。

「何用でござるか」

つい、切り口上になってしまった。それからあまりとげとげしい態度はよくないと
思い、

「先ほどは失礼しました」

と、丁寧に頭を下げた。

「いや、いや、沢村殿の苦衷、お察し申す。大変でござろうな」

「まあ、楽ではございません」

涼之進は言った。

「まいったのは他でもござらん。先ほども申しました見舞金のことでござる」

おいでなすったかとの思いが胸を突き上げる。

「それは、久谷の裁きが確定してからと申したはずです」

「それは承った」

「お待ち願えませぬか」

「待つということはできますが、それでは、武芝家の家名に傷がつくのではございませんか」

皆川は思わせぶりな笑みを送ってくる。

「当家は久谷の濡れ衣を信じておりますので、家名に傷がつくとは思っておりません」

涼之進は胸を張った。

「果たしてそうでございましょうか」

「皆川殿は久谷が下手人と信じておいでなのですか」

ここは引く気はない。

十

「しかし、評判というもの、必ずしも事実をそのまま伝えるとは限りませんぞ」

「どういうことですか」

「人の噂《うわさ》というものは、一人歩きをするということです。大名家の家臣が芸者を斬殺《ざんさつ》した。これが恰好《かっこう》の読み物となりましょうな」

瓦版《かわらばん》が飛びつくネタであることを皆川は言っている。土方も言っていた。江戸の町人たちはそうした話が好きなのだと。いや、町人たちだけではない。江戸城の中においても、それはすさまじいばかりの勢いで広まるに違いない。そうすれば、久谷がお富を殺したかどうかはともかく、武芝家の家名に大いに傷がつく。たとえ、久谷の濡れ衣が晴れたとしても、それによって受ける打撃たるや相当なものである。

「それは脅しですか」

まさか、皆川はそのネタを瓦版屋に売ろうとしているのか。いや、きっと、そうであろう。口止め料が欲しいということなのだ。

「脅しではござらん。ただ、哀れなお道のために、この世で唯一《ゆいいつ》の肉親を失ったお道の悲しみを癒《いや》すにはせめて金子《きんす》でもと思ってのことでござる」

皆川の慇懃《いんぎん》無礼とも取れる物言いはまさしく陰湿なものだ。同じ、金を引き出そうというのでも、土方のような明るさはない。そこには、狡猾《こうかつ》で腹黒い偽善者の顔がはっきりと表れている。

「ご親切、痛み入る」

まずはそう言った。

皆川は心持身を乗り出した。

「それで、金子でござるが、片手ということでいかがでしょうか」

皆川は右手を広げた。五両、いや、五十両ということか。

「はて、いかほどですか。それがし、田舎者ゆえ、よくわかりません」

空とぼけて見せた。

皆川は失笑を漏らし、

「五十両でござる」

と、言ってから空咳《からせき》をした。

「五十両でござるか」

わざと両目をむいた。

「武芝さまの受ける打撃、お道の悲しみを思えば決して高くはないと存じますぞ」

皆川は言った。

「五十両とは、安易にそうですかと渡せる見舞金ではござらんな」

「また、そのようなことを」

「いや、五十両などという金、到底出せるものではない」

きっぱりと拒絶した。

「では、この噂、江戸市中に流布《るふ》してもいいとおっしゃるのか」

皆川の細い目が尖《とが》った。

「それは脅しですか」

「脅しではござらん」

「脅しであろう！」

大きな声を上げる。皆川は目を白黒させた。

「当家を脅す不埒《ふらち》な輩《やから》。成敗してくれようか」

涼之進は強い眼差《まなざ》しを送る。

「そ、そのようなことは」

皆川は浮足立った。

「去れ！」

どやしつける。

「そんなこと申されていいのか」

皆川は及び腰ながら脅しをかけてきた。

「武芝家は流言に惑わされるものではない。おまえのような、下世話な男。武士の風上にもおけぬな」

「よし、みておれ」

皆川は舌打ちをした。

「さっさと、去れ。でないと、その首、刎《は》ねてやるぞ」

凄《すご》い勢いで怒鳴り付ける。皆川は目をぱちくりさせながら控の間を出た。それから、あわてよろめきながら玄関を出る。門に向かおうとしたところで、

「表門はならん。裏門に回れ」

追い打ちをかけるように涼之進は言った。皆川は追い立てられそそくさと裏門に向かった。憤怒《ふんぬ》の形相で涼之進がそれを見送る。運悪くそこを通りかかったのが蔵番頭で涼之進の友、佐々木金之助である。

「どうしたんですか」

その、のほほんとした顔に向かって、

「塩だ」

「ええっ」

「塩を撒《ま》くんだよ」

そう怒鳴りつける。佐々木は怪訝《けげん》な顔をしながらも気圧《けお》されるようにして自分の勤番長屋へと入って行った。

「まったくもう、どいつもこいつも欲の皮の突っ張った連中ばっかりたい」

憤然とする涼之進である。

ともかく奉行所へ急ごう。

既に日は落ちているが涼之進は仮牢《かりろう》にいる久谷と面談が叶《かな》った。

掛け行燈《あんどん》の灯に浮かぶ久谷は憔悴《しょうすい》していた。目が落ち窪《くぼ》み周りが青くなっている。涼之進を見てわずかに希望に目を輝かせたが、それははかなげな宿りとでも言うべきものだった。

「元気そうだな」

ついそんなことを言ってしまったが、あまりに場違いな言葉だと気づき言葉を飲み

込んでしまった。久谷は曖昧《あいまい》ながらも笑みを浮かべ、

「御迷惑をおかけしております」

と、頭を下げた。

「厄介なことに巻き込まれてしまったもんだ。だが、信じていてくれ。きっと、濡《ぬ》れ衣《ぎぬ》は晴らす」

涼之進としては精一杯そう言うしかなかったのだが、そういって励ますほかない。

久谷は頬を引き攣《つ》らせながらもうなずいた。

「ところで、おまえ、十両の借用を申し込んでおるな」

「は、はい」

久谷は目をぱちくりとさせた。

「何故《なにゆえ》、借用を申し込んだのだ」

「それは、暮らしのためです。国許《くにもと》への送金、江戸での暮らし」

久谷は言ってから唇を噛《か》み締めた。

「そんなにも費《つい》えが必要なものか」

「それはそうです」

久谷には微妙ながら反発心とでも取れる違和感が感じられた。

「どうした」

「こんなこと言うのははなんですが、沢村さまは上士だからわからんですよ。平士の暮らしというのは苦しいものです。江戸は食べる物、着る物、とにかく銭がかかります。わたしの禄《ろく》では……。国許にも送金せにゃならんし」

「………」

「何も贅沢《ぜいたく》をしておるわけではないのです。食っていくのでやっとなのです。そこへ、国許から母が病だと知らされ、薬代を工面しなければと思って、十両の借用を申し込んだんです」

久谷の口調は切実なものへと変化した。それは胸に突き刺さる言葉に溢《あふ》れていた。窮乏ぶりに同情しながらも涼之進としては話を進めないわけにはいかない。

「ならば、その十両、つかぬことを訊《き》くが、お富と関係して使おうとしたのではないのだな」

「ええ」

久谷は意外な顔をしている。どうやら、本当に知らないようである。

「一体、何のことやらわかりません」

言葉でもそれを裏付けている。

「しかとじゃな」

念押しをする。

久谷は力強いうなずきで答えてくれた。いやはや、ほっとしたところである。

「お富とは何でもなかったのだな。金をせびられたこともないのか」

「もちろんです。どうして、そんなことをお尋ねになるのですか」

「お富という女の周りを調べてみると、妙な男が浮かんできた」

と、言ったところで、

「涼さん」

と、平原がやって来た。平原は辺りを憚《はばか》り、涼之進の耳元で囁《ささや》いた。

「権次が飲んでいたっていう店で裏を取ってみました。奴《やつ》の言った通りでしたね」

「そうか、すまない」

権次が殺したという線は消えた。となると、やはり、十両をせしめようとした男というのが本星のようだ。涼之進は久谷に向く。

「お富と関係していた男を知らぬか。武士だ」

「武士」

久谷は首を捻《ひね》る。

「どんなことでもいい。思い出して欲しいのだ」

久谷も真剣に思いを巡らせているようだ。その顔は焦燥に駆られているかのようである。それは久谷ばかりか、涼之進自身もそれを否定できないところである。何せ、時がない。久谷の濡れ衣を一刻も早く晴らさねば、皆川によって、あらぬ噂がばらまかれてしまう。

「皆川堂観め……」

思わず呟《つぶや》いたところで久谷の目が大きく見開かれた。

「どうしたのだ」

「あ、いえ、何でもありません」

久谷の視線が定まらない。いかにも、不審を抱かせる。

「皆川を知っているのか」

強い口調で尋ねると久谷は目をそらしながらもうなずいた。

「どんな付き合いだ」

「ですから……」

「はっきり言え。おまえばかりか、武芝家の名誉がかかっているんだ。座して死を待つのか！」

涼之進の怒声が仮牢を震わせた。囚人たちが怯《おび》えて仮牢の隅に逃げて行く。中間《ちゅうげん》たちが何事だとやって来たのを平原が追い払った。

「話してくれ」

今度は声を落ち着かせた。

久谷はうなだれていたが、やがて意を決したように顔を上げた。

「皆川に薬を渡しました」

「薬……」

「阿片《アヘン》です」

「馬鹿《ばか》な」

思わず絶句した。阿片とは亡国の薬。一時の快楽を得んがために吸った者を破滅へと導く。

「国許におった頃、長崎に出張し、そこで知り合った大坂の薬種問屋からわけてもらったのです。薬種問屋は抜け荷で手に入れたのです。暮らしに困った時に売ろうと江戸に持って来ました」

それを皆川に売ったのだという。

「皆川に阿片を売ったのをお富に見られたのではないか」

「そうかもしれません。なんと申しても抜け荷の品です。御公儀に知れれば御家にご迷惑がかかります」

久谷は唇を嚙んだ。

お富が脅していたのは皆川ではないのか。脅しのネタは阿片。

となると、皆川が下手人。

「涼さん、行きましょう」

平原が言った。行先が皆川の家であることは聞かなくてもわかる。

涼之進は無言でうなずいた。

果たして、皆川とお道は姿を消していた。

平原が直ちに二人の行方を追うよう手配した。

霜月の十日の明け六つ（午前六時頃）。

京の都に出発の日を迎えた。久谷九十郎の一件により、旅立ちが五日ばかり遅れてしまった。

久谷との面談の翌日、皆川とお道が南町奉行所の役人たちによって捕縛された。意外にもお富を殺したのはお道だった。お道は皆川がお富を訪ねることに不審感を覚え、淫乱な姉が亭主をたらしこんでいると思ったそうだ。

皆川が久谷から阿片を買ったのは久谷の遺書によって明らかになった。

久谷は裁許の日の朝、御白洲《おしらす》に引き出されることなく、舌を嚙み自害した。自害に当たって、抜け荷品の阿片を皆川に売った罪を告白したという。奉行筒井紀伊守政憲は久谷を無実とし、亡骸《なきがら》の下げ渡しを涼之進に伝えてきた。

久谷の濡れ衣が晴れたとはいえ、後味の悪い結末となった。久谷に阿片を渡した薬種問屋の素性はわからず仕舞いである。大きな徒労感に駆られた涼之進だったが、京の都が待っている。

昨晩、涼之進は政直の書院で亜紀《あき》と対面した。亜紀は諫早藩の郡《こおり》奉行を務めていた波野鉄之進《はのてつのしん》の娘だったが、この年の葉月、ある事件をきっかけに政直に見初められ側室となった。涼之進は国許にいた頃、波野の部下であった。その頃、城下一の美人と評判だった亜紀に胸を焦《こ》がしたものである。

対面した亜紀は京都へ旅立つ涼之進に気遣いの言葉をかけてくれた。聡明《そうめい》で気丈な亜紀の面差しに憂鬱《ゆううつ》な影が差しているようだった。憂鬱のわけは政直が正室に迎える従三位《じゅさんみ》権中納言《ごんちゅうなごん》八坂秀則《ひでのり》の姫房江《ふさえ》であることはいくら鈍感な涼之進にもわかる。

　亜紀は側室として政直の寵愛《ちょうあい》を受けつつも、房江のことが気にかかるのだろう。口にこそ出さないが憂鬱の種であるに違いない。正室に取って代わろうという気などないだろうが、大いに気になる存在に違いない。

　公家《くげ》はこの時代、六つの家格に区分されている。上から摂家《せっけ》、清華家《せいがけ》、大臣家、羽《う》林家《りんけ》、名家、半家《はんけ》の順だ。八坂家が属する羽林家は武官の家柄で、近衛《このえ》少将、中将を経て大納言まで進むことができる。また、各々《おのおの》の家には、その家に伝わる、筆とか笛、華道、歌道などという家業がある。

　八坂家は朝廷や公家の儀礼や儀式、行事、法令を研究する有職故実《ゆうそくこじつ》を家業としていた。

　そんな八坂家が後ろ盾になってくれるのは、武芝家にとってこの上なく心強いものだと重臣たちは言っている。

　中堅所の公家に過ぎん八坂家のどこにそんな力があるのか。表向きは縁談が整い、挨拶《あいさつ》に赴くのだが政直の密命を受け、涼之進はその秘密を探り出さねばならない。

　都に着いたら、大坂の薬種問屋岡田屋と会えと、鬼頭から言われた。なんでも、今回の縁談を裏方で根回ししてくれた商人だという。大坂の薬種問屋と聞いて、久谷九十郎との関係に想像を巡らせてしまう。久谷に阿片をもたらしたのが岡田屋だとは決め付けられないが、大いに気になるところだ。

八坂家の秘密、阿片、薬種問屋。そして何より、房江姫とはどのようなお方なのだろうか。

旅立つ先には深い霧が立ち込めているようだ。

「やったるたい！」

もやもやを吹き飛ばすべく朝焼けの空に咆哮《ほうこう》する涼之進であった。

第二章　都の貉《むじな》

一

霜月二十四日、涼之進は東海道五十三次の終着、京都三条大橋に着いた。黒無地の小袖《こそで》に草色の裁着け袴《たっつけばかま》を穿《は》き、道中羽織を重ねて、背には道中嚢《のう》、頭には菅笠《すげがさ》を被《かぶ》っている。腰には大小を落とし差しにしていた。霜月十日に江戸を出て東海道を上った。戸塚宿、小田原宿、箱根宿、三島宿、蒲原《かんばら》宿、丸子《まりこ》宿、日坂《にっさか》宿、浜松宿、吉田《よしだ》宿、鳴海《なるみ》宿、四日市宿、坂下宿、水口《みなくち》宿、大津宿と宿泊を重ねた。そして、今朝早く大津宿を発《た》ち五つ半（午前九時頃）に三条大橋の袂《たもと》に着いたのだ。

旅程半月程の旅である。

三条大橋に立ちぐるりと眺め回した。澄んだ冬晴れの青空の下、たおやかな山の峰がつらなり、眼下には鴨川《かもがわ》の悠然とした流れ、目に入る物全《すべ》てがどこかみやびて見えるのは田舎者の負い目であろうか。

「寺ばっかたい」

それが都に着いての第一声である。

鴨川が朝日を受け水面《みなも》が銀色の煌《きらめ》きを放ち、透き通った川底を見せ、真っ白な都鳥が欄干をかすめていく。橋は大勢の人間が行き来しているが、江戸と違い武士の姿が少ない。この時代、江戸は人口百万人を超えていたがその半数が武士である。それに対し、京都は四十万あまりの人間の内、武士と言えば所司代、町奉行所、公家《くげ》に奉公する公家侍くらいで千人に満たない。武士に代わって目につくのが僧侶《そうりょ》だ。墨染めの衣姿の雲水が托鉢《たくはつ》する姿、きらびやかな錦《にしき》の袈裟《けさ》を身にまとった高僧が大勢の弟子を従え悠然と歩く姿が目に映る。

涼之進は大きく伸びをして胸いっぱいに空気を吸い込んだ。都に来たのは初めてではない。江戸に出府する際、途中に立ち寄った。まさしく立ち寄ったという程度だ。都見物どころではなかった。もっとも、今回も物見遊山《ゆさん》ではない。

都にやって来たら、まずは大坂道修町《どしょうまち》の薬種問屋岡田屋の主人菊次郎と会うことになっている。八坂中納言《ちゅうなごん》家の青侍《あおざむらい》渋谷《しぶや》彦右衛門《ひこえもん》が手はずを整えてくれた。菊次郎が武芝家と八坂家の縁談を取り持つのに裏方として奔走してくれたそうだ。

「沢村はん」

と言う、聞き覚えのある声がした。振り返ると五尺に満たない貧相な男が立っている。この寒いのに紺の袷《あわせ》を尻《しり》はしょりにして元気一杯の様子だ。顔中皺《しわ》くちゃで猿《さる》のような面相だ。

「おお、留吉《とめきち》」

渋谷の従者として江戸にやって来た留吉だった。旅先で見知った男と出あうというのはやはり心強いものである。

「おれがここに来るとよくわかったな」

「沢村はん、大津から文をくださいましたがな。今日の昼には都に入るって」

「すると、ずっと待っていてくれたのか」

「そうですねん」

留吉は頭を掻《か》いた。暇だなとは言えず感謝の言葉を並べた。

「ほんなら、岡田屋の旦《だん》さんが待ってはりますさかい」

岡田屋菊次郎は都の市中までやって来ているようだ。ずいぶんと手回しがいいものである。

留吉が実に軽やかな足取りで歩き出す。涼之進は留吉につき、三条大橋を東に向かう。

「あれが、東山三十六峰ですわ」

留吉は右手で庇《ひさし》を作り山波を眩《まぶ》しげに見上げた。枯葉が目立つ光景が広がり、紅葉の時節に来たならば、どんなによかったのにという思いが胸をついた。

「紅葉の時節やったらよろしかったのになあ」

留吉の言葉はまさしく涼之進の心の内を言い当てていた。肯定の返事をすると益々《ますます》恨めしくなりそうなので聞こえないふりをし、東山を左手に見ながら鴨川沿いを南へ歩いて行く。しばらく歩くと四条大橋に至った。東西に走る四条通りを挟んで芝居小屋が建っている。茶店や床見世《とこみせ》の数が増え、賑《にぎ》わいが一層増してきた。耳に入る京言葉は柔らかく、都に来たことを実感させる。

「どこまで行くのだ」

「祇園《ぎおん》のお茶屋ですわ」

と、言ってから留吉は茶屋といっても茶を売っているところではなく仕出しを取り寄せ芸妓《げいこ》、舞妓《まいこ》を呼んで楽しむ方だと言い足した。そこに菊次郎が待っているという。

「そうか」

平静を装《よそお》っているが内心では胸がときめいた。別段、芸妓や舞妓と遊びたいとは思わないが、つい、酒席で彼女らがいる風景を思い浮かべてしまい頰が緩んでしまった。ちらっと留吉と視線が交わり、あわてて空咳《からせき》をして誤魔化す。

四条通りを東に進むと、突き当りに朱色の鳥居が見える。

「八坂神社、都では祇園さん、言うてます」

留吉は続いて八坂神社の門前町を形成する祇園について説明してくれた。祇園は、上七軒、先斗町《ぽんとちょう》、宮川町、島原と共に京都を代表する花街で、寛永年間に八坂神社や東山の名勝を巡る人を目当てに水茶屋が立ったのが発祥だそうだ。それが、寛文年間に鴨川の四条河原に芝居小屋ができたことがきっかけとなり、多くの茶屋、旅籠《はたご》が建ち一大花街が形成されたのだった。

留吉の話を聞いている内に清らかな水路のような川が見えてきた。白川だそうだ。石畳の小路をぽろんぽろんとぽっくりの鳴る音が響く。だらりと言われる帯を締めた舞妓が眼前を通り過ぎた。つい見とれそうになってしまう。小路の両側には落ち着いたたたずまいを見せるすだれ格子《ごうし》の茶屋が軒を連ねていた。

「そこでっせ」

留吉は一軒の茶屋の前に立つと、ここで失礼しますと頭を下げた。

「なんだ、行ってしまうのか」

「わては案内しに来ただけですさかい」

留吉はけろっと答えるとさっさと行ってしまった。間口三間ほどの小さな建屋である。これが祇園の茶屋か。なんだか拍子抜けをしてしまった。

「いかんたい」

遊びに来たのではないのだ。

茶屋がどうであろうとそんなことはどうでもいい。

「御免！」

大きな声を発すると同時に格子戸を開けた。すぐに女がやって来た。玄関の式台に三つ指をつき、

「お出でやす。沢村さまですか」

そうだと答えると、女将《おかみ》の美津《みつ》と名乗り、岡田屋菊次郎がすでに待っていることを伝えてきた。

「お腰の物を」

大刀と菅笠、道中嚢を預け、お美津の案内で奥に進む。驚くほどの奥行である。玄関ばかりか廊下も狭い。天井も低く、涼之進は身体《からだ》を屈《かが》めながら進まねばならなかっ

た。ここで刀を抜くとなると、相当な注意を払わなければならない。もっとも、茶屋で刃傷沙汰《にんじょうざた》などを起こす無粋者などいるはずもないだろうが。

廊下の途中、右手に階段があった。この階段がまた狭い。自分の身幅が通るのかと危ぶんだがどうにか昇ることができた。踊り場に至った所で、お美津は目の前の襖《ふすま》を開けた。六畳間がある。周囲を襖が囲むだけの床の間も違い棚もない殺風景な部屋だ。日が差さないため薄暗いが、部屋の四方に雪洞《ぼんぼり》が置かれ淡い灯りを投げかけていた。

こんな、寂しい部屋で飲み食いするのか。

もっと華やいだ部屋での宴《うたげ》を想像していただけに内心で失望した。すると、

「ちょっと、待っておくれやす」

お美津が笑顔を向けてきたので涼之進は鷹揚《おうよう》にうなずいた。襖越しに男や女の足音と声が通り過ぎて行く。聞こえなくなったところで、

「お待たせしました」

お美津は襖を開けた。

「すごか」

思わず声を上げてしまった。二十畳の座敷がある。金地に花鳥風月を描いた襖絵、床の間には三幅対の水墨画の掛け軸、畳は青々とし、開け放たれた窓越しに白川のゆ

ったりとした流れが見下ろせた。寒風が吹きこんでくるものの、部屋は陽光が満ち溢《あふ》れて、まるで春のような明るさだ。

「すごか、座敷たい」

涼之進の誉《ほ》め言葉にお美津は微笑《ほほえ》みを返した。部屋の隅に男が一人待っていた。男は岡田屋菊次郎と名乗った。

間口は狭く造り、中は広々とした座敷、それに他の客と顔を合わせない造りとなっているのだ。なるほど、これが京の都か。涼之進は京都の奥深さを垣間見《かいまみ》た思いがした。

「ほな、ごゆっくり」

お美津はそれだけ言い置くと静かに立ち去った。

「お待ちしておりました」

菊次郎は両手をついた。縞柄《しまがら》の袷に羽織を重ね、歳《とし》の頃なら五十に手が届くだろうか。細い目は抜け目がなさそうで、いかにも有能な商人を連想させた。

「遠路はるばるお疲れさまですな」

「役目ゆえ、気遣いは無用」

いささかぶっきらぼうと思ったがそう返した。膳《ぜん》は用意されていない。まずは打ち

合わせであろう。菊次郎が立ち上がり窓を閉めてから、

「今回は武芝伊賀守《いがのかみ》さまと八坂中納言さまの姫さまの縁談ということで、まことにおめでたいことでおます」

「まことめでたいことだ。ところで、八坂家とはいかなる公家さまなのだ」

「羽林家に属しておられますな。家業は有職故実《ゆうそくこじつ》」

「いや、それはわかっているのだが」

そんなことではなく、八坂家の評判とか表の顔の他に裏の顔があるのか、など、そんなことを訊《き》きたいのだ。だが、菊次郎は素知らぬ顔で、

「なんでおますやろ」

と、すっとぼける風である。

「いや、そのなんだ」

そう正面から恍《とぼ》けられると問いかけに困ってしまう。困った顔をする涼之進に、

「中納言さまは少々風変りなお方やと評判ですな」

菊次郎はおかしそうに笑った。

「というと」

「公家だてらに武芸をたしなまれるというお方です」

「ほう」

「京八《きょうはち》流の流れを汲《く》んだ剣の達人やそうですわ」

「それは楽しみだ」

と、会うことが楽しみになってきた。

「で、房江《ふさえ》姫さまはどのようなお方なのだ」

「姫さまは」

菊次郎はここで言葉を止めた。

「何かあるのか」

そんな態度に出られては気になって仕方がない。菊次郎はそんな涼之進を見て、

「大変に活発な姫さまです。市中を出歩くのがお好きで、時には侍女も連れずに歩き回っておられるそうですわ」

八坂家の青侍渋谷彦右衛門から聞いていたのとはかなり様子が違う。渋谷の話では、それはもう雅《みやび》なお方ということだったが、案外、そうした活発な方が政直《まさなお》には似合っているような気もする。しかし、亜紀とはどうなのだろう。亜紀の顔が脳裏に浮かぶ。江戸を旅立った朝、亜紀の顔が心持ち憂鬱《ゆううつ》そうであったのは、房江がどのような女なのか気になるからだろう。いっそのこと、ひな人形のように大人しくおさまってくれ

ているほうが亜紀にはありがたいのではないか。

「で、その他に八坂家のことだが」

「まあ、そう、急《せ》かせはりますな。都見物でもなさったらいかがですか」

菊次郎は言ったが、それで収まる涼之進ではないことを察したのか、

「そういうわけにはいきませんな。薬種ですな。沢村さまが気になるのは。はっきり言えば阿片《アヘン》」

皆川が持っていた阿片。久谷九十郎から手に入れたという阿片だ。

あの入手先が気になる。長崎で知り合った大坂の薬種問屋と久谷九十郎は言っていた。この時代、唐船（清《しん》）や紅毛船（阿蘭陀《オランダ》）で長崎に運び込まれた薬種は全て大坂の薬種問屋に買い取られ、大坂の薬種問屋から全国に売りさばかれた。例外が対馬《つしま》と薩摩《さつま》である。対馬は対馬藩の藩主である宗《そう》家が朝鮮との交易で薬種を入手し、薩摩は琉球《りゅうきゅう》を介して清との交易で薬種を手に入れることができた。

岡田屋は大坂の薬種問屋。唐船がもたらす抜け荷品として阿片を入手しているのかもしれない。そして、久谷が長崎で知り合ったという薬種問屋は岡田屋ということも考えられる。

「いかにも」

強い口調で言った。

二

本題に入ったところで、

「ま、その前に」

菊次郎はいなすように立ち上がった。

「どちらへ行かれる」

逃げるなとでも言うように睨《にら》みつけた。菊次郎は顔をしかめて、

「憚《はばか》りですがな」

と、いかにも宥《なだ》めるような口調で言い返すと、

「ご一緒しまひょか。関東のつれしょん、言いますからな」

からかうような口調で付け加えた。

「いや、待っておる」

そう言うとどっかと座り直した。岡田屋菊次郎、ぬるりとした男だ。自分から阿片のことを持ち出しておいて、追及しようとするとさらりとかわす。どこに本音がある

のかわからない。

しばらくの間、憤然と菊次郎を待った。

今回の都行き、政直から命じられた役目は武芝家と八坂家の秘密を探ることだ。それと、久谷九十郎にもたらされた阿片。その入手筋を探らねば。その鍵《かぎ》となっているのが、大坂道修町の薬種問屋岡田屋菊次郎であるような気がした。岡田屋は今回の縁談に当たって陰の根回しをしたのだという。

岡田屋菊次郎、何を考えているのだ。

ここは、じっくりと腰を据えてかからねばなるまい。

「遅いな」

それにしても遅い。様子が気になるところだ。

涼之進は自分の性急さを諌《いさ》めつつも、やはり、様子を見に行こうと思い至った。部屋を出ると、廊下を進み、階段を下りる。すると、

「きゃあ！」

耳をつんざくような悲鳴が上がった。

異変が起きた。

菊次郎と関係しているに違いないという予感が湧《わ》き上がる。大急ぎで階段を降りよ

うと思うが、天井が低く思うようには走れない。身を屈《かが》めるという窮屈な姿勢で一段一段階段を降りると、声がした方角に向かって走り出す。声は裏庭の方から聞こえた。

「どうした」

涼之進が駆け寄るとあわてふためいたお美津が、

「岡田屋さんが」

と、庭を見た。

血溜《ちだ》まりの中に菊次郎が倒れている。そして、その傍らには紫色の頭巾《ずきん》を被《かぶ》った侍が屈み込んでいた。何やら、菊次郎の懐《ふところ》を探っている。迷わず庭に飛び下りた。侍は涼之進に気づき、あわてて立ち上がる。小柄な侍である。白地の袷に仙台平《せんだいひら》の袴《はかま》を穿《は》き、腰には大小を落とし差しにしていた。侍は無言で踵《きびす》を返すとさっと逃げ去る。

「待て」

が、侍は風のように消え去った。菊次郎は袈裟懸《けさが》けに斬《き》られていた。脈を取ると既に事切れていた。紫頭巾の侍に斬られたに違いない。菊次郎を斬った目的は侍が懐中を探っていたことで想像がつく。きっと、菊次郎の懐の中の何かを奪おうと思ったに違いない。

「あ、あの」

お美津が預けておいた大刀を持って来てくれた。お美津に奉行所に届けるよう申し渡して庭を横切ると裏木戸を出た。石畳が連なっている。両側には茶屋が軒を連ねていた。と、前方を歩いているのはなんと紫頭巾の侍である。逃がすものかと思っていると、侍の方から涼之進に近づいて来た。

「おまえ、沢村涼之進か」

いきなり侍は声をかけてくる。その声は甲高く、目元は少年のように涼やかだった。

「人の素性を確かめる時は己から名乗るもんたい」

「なるほど、渋谷が申した通りやな」

「渋谷」

それを聞いてはたと侍を見返す。侍は頭巾を取り去った。髪が肩まで垂れさがる。風にたなびくその髪は漆黒に艶《つや》めいていた。

「あなたさまは……」

菊次郎の言葉が思い出される。八坂の房江姫さまは変わったお方。時に市中に平気で行きなさる。これが姫か。

「そうじゃ。房江じゃ」

房江はたおやかな笑みを浮かべた。厳寒に春風が吹いたような温もりと爽《さわ》やかさを

感じた。呆気《あっけ》にとられていた涼之進だが、

「姫さまがどうして岡田屋菊次郎を殺《あや》めるのですか」

「わたしが菊次郎を殺めたのではない。それに、あれは菊次郎ではない」

「そ、そんな」

口を半開きにした涼之進に、房江は断定するように繰り返した。

「あれは菊次郎ではない」

「では、岡田屋を騙《かた》っていたと。一体、どうしてでしょう」

「わたしに聞かれても困るわな」

房江の言い分はもっともだ。

「ならば……」

と、言ったところで慌《あわ》ただしい足音が近づいてくる。房江はさっとその場から去って行く。何処《どこ》へ行くのだとその背中を追うと、茶屋の隙間《すきま》に身を投じたと思ったのも束《つか》の間《ま》、あっという間に姿を消してしまった。

――何だ――

房江の行動に泡を食っている場合ではない。新たに出現した侍たちは揃《そろ》って黒覆面を被り刃をかざして涼之進に向かって来るのだ。素性を確かめることもできずにいるうち一人が斬りかかってきた。すかさず、背後に飛び退いて大刀の鯉口《こいぐち》を切る。同時に横からも敵が斬り込んでくる。抜きざま、相手の刃を受ける。

間髪を容《い》れず、涼之進は前に向かって刃を繰り出す。刃と刃が交わる音が響く。前方から芸妓と舞妓がやって来た。啞然《あぜん》とする彼女らなど眼中にないかのように、侍たちは襲撃の手を休めない。なんとしても涼之進を仕留めようという気迫に満ちていた。前と後ろから攻撃を仕掛けられる。これではたまったものではない。活路を見出《みいだ》そうと前方の敵に大刀の切っ先を向けるやいなや、さっと踵を返し、

「退《ど》くとじゃ！」

雷鳴のような声を発した。思わず侍二人がひるんだところでその間をすり抜ける。その直後に追手がかかる。左手にある路地に飛び込むや敵も追いかけて来る。

「いかんたい」

前方は行き止まりだった。

引き返すか。

しかし、引き返せば侍たちと遭遇する。袋の鼠《ねずみ》とはこのことだ。と、その時、

「こっちへ」

という声が聞こえた。

右手にある茶屋の格子戸《こうしど》が開いている。何者かはわからないが、ここは飛び込む他に助かる道はない。

涼之進は思い切って飛び込んだ。同時に格子戸が閉まる。女将風の女が、

「奥へお進みください」

と、声をかけてきた。

事情を問い返そうと思ったが女将は無言の内に奥へ消えてしまった。いかにも怪しげだ。これも、千年の都というものだろうか。都に巣食う得体の知れない連中の渦の中に飛び込んだようで、戸惑いから抜け出すことができない。

迷っている場合ではない。

涼之進は奥へと進んだ。ここも、鰻《うなぎ》の寝床。間口の狭さとは対照的に奥行きがある。廊下を奥に進むと坪庭があった。紅葉は葉を落とし、寂しげな風情を漂わせている。坪庭の向こう側に座敷があった。閉じられた襖《ふすま》の前に立つと、声をかけるべきかと迷ったが、相手が誰だかわからないからには黙って襖を開けた。

「無事でよかった」

そう声をかけてきたのは仙石誠之助《せんごくせいのすけ》である。

仙石誠之助。老中松林備前守《びぜんのかみ》の用人で切れ者と評判の男だ。涼之進とは中西派一刀

流樋《ひ》川《かわ》源信《げんしん》道場で同門である。この男とは少なからぬ因縁がある。同じ道場で研鑽《けんさん》を積む好敵手であると共に、源信の娘美鈴《みすず》を巡る恋敵、もっとも、そう思っているのは涼之進だけで、誠之助の方はというと美鈴のことを特別な存在とは思っていないようだ。そのことが、涼之進には憎らしい。そして、憎らしいといえば、誠之助の主人老中松林備前守は諫早《いさはや》藩改易を狙《ねら》っている。誠之助はその尖兵《せんぺい》となり、諫早藩を陥《おとしい》れる陰謀を企《たく》んだことがあった。二枚目役者のような顔の裏には、油断できない策略家の一面がある。

黒紋付に仙台平の袴を身に着けた誠之助は、細面のやさ男然とした顔を向けてきた。

「誠之助……」

仙石誠之助も都にやって来たのか。予想できたことだが、こうして面と向かって顔を合わせてみると驚きを隠せない。

「おまえ、どうして」

「まあ、いいではないか。ともかく、腹が減ったであろう」

「それはそうだが」

気がつけば腹の虫が鳴いている。

「まあ、食え」

誠之助が示したのは茶菓だった。瓦《かわら》のような形の土色をした食べ物である。

「煎餅《せんべい》か」

それを手に取る。匂《にお》いを嗅《か》いでみた。

「犬でもあるまいに、匂いで味わえるか。まあ、食してみよ。八つ橋という」

「八つ橋か」

食べてみた。こりこりとした食感である。それから上品な甘い味が口中一杯に広がった。

「美味《うま》か」

言ったところで玄関が騒がしくなった。

「やって来たか」

誠之助は楽しそうだ。

「連中、何者だ」

涼之進の問いかけには答えず、

「まあ、おまえは隠れていろ」

と、屏風《びょうぶ》を指差した。屏風には平安の都が描かれている。平安貴族が牛車《ぎっしゃ》に乗ったり、商人が露天で野菜を売ったりしている、それは楽しげな都絵巻だった。今の状況には不似合いな屏風絵ながら、文句をつけるわけにもいかず陰に隠れた。複数の足音が近づいて来る。襖が開いた。

「何だ」

誠之助は鋭い声を放った。

侍は覆面を被ったままたじろいだ。

「無礼であろう」

誠之助は立ち上がると侍に向かって歩き、一人の胸を押した。

侍は、

「失礼申した」

と、あわてて立ち去った。

三

「すまんな」

と礼を言っておいてから、どうして自分が礼を言わなくてはならないのか、悪いのはあの連中ではないかと腹が立った。

「武士は相身互いだ」

誠之助は鷹揚《おうよう》に言った。

「あの連中に心当たりがあるのか」

「あるわけなかろう」

誠之助の答えは素っ気ない。

「そうだ、おまえ、どうして都にいるのだ」

誠之助がやって来たのは武芝家と八坂家との縁談を探るために違いないとは思いつつも、そう尋ねた。誠之助は顔色一つ変えずに答える。

「殿から京都所司代への使いだ」

「ほう、使いな」

「おまえは、伊賀守さまの縁談であろう」

何も隠すことはない。

「そうだ」

「房江姫さまには会ったのか」

思いもかけない出会いをしたとは言えない。

「まだだ」

「そうか」

嘘《うそ》ではないだろうなというような目を誠之助はしている。

「簡単に会えるはずがない。相手は中納言さまの姫だぞ。中納言といえば御三家水戸さまと同格だ」

「そんなこと言われなくてもわかっておる。そうか、まだ、会ってはいないのか」

「房江姫さまのこと、何か耳にしておらぬか」

探りを入れるようについ上目使いになってしまうのは、策略には不向きな根っからの正直者だと自分を誉《ほ》めることはできない。誠之助のようにさらりとかわす術《すべ》を身につけねばならない。

「大変に活発な姫さまだとは聞いた。所司代屋敷でな」

誠之助は涼しい顔で言う。

「活発とはどういうことだ」

「市中を勝手に歩き回り、武芸がお好きとか」

それから誠之助はおかしそうにくすりと笑った。どうしたのだという疑問と不満を込めた目を向ける。

「伊賀守さまとはお似合いなのかもしれぬぞ」

誠之助の言葉に思わずむっとした。殿を馬鹿《ばか》にするのかと抗議をしようとしたが、それでは八坂家の房江姫を揶揄《やゆ》することにもなりかねないと言葉を慎むことにした。それに、先ほど遭遇した房江には悪い印象はなかった。お転婆《てんば》だが、好奇心旺盛《おうせい》な姫さまという気がした。春風のような朗らかさを感じもした。それにしても、岡田屋のことが気にかかる。房江は殺されたのは菊次郎ではなかったと言っていた。では、殺されたのは一体何者なのだろう。

すると、俄《にわ》かに表が騒がしい。呼子が聞こえる。岡田屋殺しに京都町奉行所が動き出したのか。もっとも、殺されたのが岡田屋としてだが。

誠之助が襖を開けて廊下に出た。何やら言葉を交わしたと思うと再び戻って来た。

「何の騒ぎだ」

すっとぼけて訊《き》いた。

「それを確かめている」

いたって平静に答える。それからおもむろに、

「先だって起きた武芝家中の家臣がからんだ殺し」

「あれは濡《ぬ》れ衣《ぎぬ》だった」

つい言葉の調子が強くなったのは、久谷は殺しでは無実だったが、その背景となっ

た阿片《アヘン》の密売には関与していたというなんとも後味の悪い事実があったからだ。果たして、事の真相を誠之助が知っているのかわからない。誠之助のことだ。何か自分に有利な情報を得ようと探りを入れたとしても不思議ではない。

「濡れ衣が晴れてよかったが、妙な噂《うわさ》は耳に入った」

途端に涼之進はむっとする。誠之助はそれを見て宥《なだ》めるような笑顔を見せた。

「阿片だ。下手人であった浪人、皆川堂観。あ奴《やつ》は阿片を使っておった」

「そのようだったな」

空惚《そらとぼ》けたが、誠之助の目を誤魔化せたかどうか……。

「その阿片の出所なのだ。長崎経由であることはわかるが、一体、どの薬種問屋であろうな」

誠之助の探るような目が気に障《さわ》る。

「おまえのことだ。見当をつけておるのだろう」

「そうさ。道修町にある岡田屋だ」

「岡田屋……」

誠之助は岡田屋に目をつけている。涼之進も岡田屋だと思っている。八坂家との縁談に動いたのは阿片と関係があるのか。

「皆川は江戸に来る前、大坂にいた。その前は長崎だ。皆川が岡田屋に阿片取引を繋《つな》いだということは十分に考えられる。そうだ、武芝家の久谷九十郎も長崎にいたそうだな。岡田屋と繋がりがあったとしても不思議ではないな」

やはり、誠之助はあなどれない。

「憶測に過ぎぬのではないか」

涼之進の言葉に、

「それはそうだがな」

誠之助は案外あっさりと引っ込めた。

岡田屋、皆川、久谷に繋がりはあるのか。それに、八坂家の姫房江。房江がどうして岡田屋にからんだのか。房江は菊次郎から何を得ようと思ったのか。そして、謎の侍たち。

すると襖を揺らす音がした。誠之助は素早く襖を開け外へ出ると、素早く襖を閉めた。涼之進は一瞬の迷いの後、誠之助の様子を窺《うかが》うべく襖をわずかに開いた。誠之助は坪庭で片膝《かたひざ》をついている男と言葉を交わしていた。どうやら、隠密《おんみつ》のようだ。漏れ聞こえてきたのは茶屋で岡田屋菊次郎と思われた男が殺されたことだった。誠之助は身を乗り出し、隠密とのやり取りに身を集中させた。

誠之助が振り返った。涼之進と目が合う。誠之助は無言で部屋に戻って来ると、

「岡田屋が殺された。いや、殺されたのは菊次郎ではなく、手代ということだったがな」

あれは手代だったのか。主人の身代わりになったということだ。

「おまえが、ここに来る前に会っていた男だ」

「あれが、菊次郎とばかり思っていた」

「殺したのは紫の頭巾《ずきん》を被った侍ということだ。今、町方がその侍を追っている」

誠之助は紫頭巾の侍が誰あろう房江だとまでは知らない。隠密もそこまでは摑《つか》んでいないのだろう。ふと、房江の身が思いやられた。町奉行所に捕縛されてしまうのではないか。

いや、あの奔放な姫ならば無事この危機を切り抜けるのではないかという楽観を抱きもした。

「おまえ、その紫頭巾に心当たりはないか」

「あるはずがない。それよりも、黒覆面の連中は何者だ」

「そこまではわからん」

「ここまできたのだ。教えてくれてもいいだろう」

「勘違いするな。おれとても知らぬのだ。いや、これは案外、武芝家だったりしてな」

誠之助は言ってから冗談だと付け加えた。涼之進もそんな馬鹿なと言下に否定したが胸の中には暗雲が立ち込める。国許《くにもと》にいる先代政継の側室が生んだ継明《つぐあき》のことだ。継明を担《かつ》ごうとする勢力。それらが、縁談阻止に動き出した。そして、岡田屋のことも何らかの企みを抱いているのかもしれない。

しかし、黒覆面で顔を隠していたとはいえ、見たこともない連中だ。諫早藩は三万石の小藩。家臣の数は知れている。国許の連中の顔ならみな見知っていた。もっとも、継明派の誰かに雇われたということも考えられなくはないが。

「何か考えておるのだろう」

誠之助は鋭い目を向けてくる。

「おまえこそ、そもそも、都にやって来た目的は何だ」

「だから、所司代屋敷への使いだと申したではないか」

「そんなはずあるまい」

「疑い深い男だな」

誠之助は揶揄するかのようだ。

「まあ、いい。くれぐれも申しておくが邪魔立ては許さんぞ」

「邪魔するどころか、おれはおまえの命を助けてやったのだぞ」

「そのことは感謝する」

軽く頭を下げた。

「ならば、これにて」

踵《きびす》を返してから、

「そうだ。隠密の手間を省くために教えておく。おれの滞在先は三条大橋の袂《たもと》にある旅籠《はたご》清水屋だ」

「親切、痛み入る」

誠之助はおどけて見せた。

涼之進は居間を出る。茶屋を出たところで、周囲を見回した。薄ぼんやりとした石畳には舞妓の歩く姿が見える。その風情《ふぜい》ある光景は都にやって来たことを実感させるものだったが、それに身を任せているととんでもないことになる。今回の都はまさしく危険と隣合わせの旅になった。

北風が石畳を吹き抜ける。都の冬は一段と厳しいと聞いた。なんでも、比叡山《ひえいざん》から吹いてくる比叡おろしという寒風に身が縮こまるのだという。

寒さに負けてはいられない。

「やったるたい！」

一声一発、涼之進は走り出した。そのあまりの勢いに道行く者たちが関わりを恐れるかのように道を譲ってくれる。

涼之進は一目散に駆け抜けた。

目指すは八坂中納言家である。

四

御所を取り巻くように公家《くげ》の屋敷が立ち並んでいる。

江戸における江戸城と大名屋敷のようなものだが、規模は比ぶべくもない。公家の屋敷は五摂家という公家社会の頂点に立つ者たちにおいても精々が千坪に満たない。

八坂家は中納言家、竹垣が巡った屋敷は二百坪ほどであろうか。木戸門を潜《くぐ》るとすぐに留吉が応対に出て来た。

「大変やったそうですね」

留吉の耳にも岡田屋殺しの一件が既に入っているようだ。それをもたらしたのは房江かもしれない。

「姫さまはおられるのか」

「お戻りでっせ」

留吉はくすりと笑った。町奉行所の追及をかわしたようだ。留吉の案内で屋敷の中に入る。中々、庭の中は手入れが行き届いていた。落ち葉が庭の隅に山と積まれ、黄落した銀杏《いちょう》の葉が斑《まだら》模様を形づくっている。

母屋《おもや》の玄関にまでやって来たところで、留吉は再び庭の掃除を始めた。

「失礼申す」

張りのある声で言う。すぐに応対に出て来たのは渋谷彦右衛門である。渋谷は満面に笑みを広げて、

「よう、来はったな」

と、歓迎してくれた。

「お邪魔致します」

涼之進は頭を下げると玄関を上がる。廊下は鏡のように磨き立てられていた。実に気持ちのよい空間だ。

「まずは、茶など喫しませ」

渋谷の案内で茶室に入る。

そこに宗匠頭巾を被った初老の男が座っていた。八坂の茶頭であろうか。茶釜《ちゃがま》が沸《わ》いていて、六畳の茶室を程よく温めている。渋谷が、

「岡田屋菊次郎はんや」

と、言った。

涼之進は菊次郎を見た。菊次郎は丁寧に頭を下げる。

「先ほど、祇園の茶屋で手代と遭った。しかも、その手代、殺された」

「気の毒なことをしました」

菊次郎は目を伏せた。

「どうして手代を寄こしたのだ。わたしを信用できないということか」

身代わりを立てたことの不満をぶつけた。

「そのことはお詫《わ》び申し上げます」

菊次郎は深々と頭を下げる。

「手代を殺した連中に心当たりはあるのか」

すると菊次郎は目を伏せた。

「あるのだな」

畳み込んだところで渋谷が間に入る。

「まあ、沢村はん。まずは、茶を一服飲みなはれ」

それどころではないという不満を腹の中に収める。菊次郎は茶をたて始めた。さすがに鮮やかな手前である。白天目の茶碗《ちゃわん》が差し出され、それを飲む。涼之進に茶の良し悪《あ》しはわからないが、波だった心が平らかになったのは確かだ。そのことが表情に出たようで、ここで菊次郎はおもむろに涼之進に向き直った。

「有田藩山村家の旧臣方だと思います」

「山村家……」

三年前改易にあった肥前有田藩山村家五万石。武芝家と同様外様《とざま》の小藩だ。皆川堂観が奉公していた。

皆川の仲間ということか。

「山村家の旧臣たちが何故《なにゆえ》、手代を、あ、いや、手代はそなたの身代わりとなって殺されたのであろうから、おまえの命を狙《ねら》ったことになるが」

「薬種がからんでおります」

「薬種問屋であるなら、薬種を扱うのは当然ではないか」

内心でそれは阿片ではないかという思いが胸にこだまする。

「それは」

菊次郎が答え辛《づら》そうにしていた時に襖《ふすま》が開いた。

渋谷の顔がしかめられた。

「姫」

涼之進は言う。

房江は武家姿のまま、ずかずかと入って来て、

「阿片やな」

と、言った。

「姫、言葉を慎みなされ」

渋谷に注意されたところで、耳を貸すような房江ではない。

「そうであろう」

房江は菊次郎に向いた。

「姫さまのおっしゃる通りでございます」

菊次郎はうなだれた。

「ほれみいや」

房江は誇らしげに渋谷を見た。

渋谷は無言を貫いている。

「岡田屋は阿片を扱っておるのか」

涼之進は責め口調となった。答えようとしない菊次郎に腹が立つ。

そんな涼之進の気持ちを代弁するように房江が詰め寄った。

「往生際《ぎわ》が悪いのう。岡田屋、いい加減に話したらどないや」

そのはっきりとした物言いには胸がすっとした。菊次郎は顔を上げ、

「それは、元は皆川さまによってもたらされたのでございます」

「皆川は確か長崎におったとか」

「皆川さまは長崎で蘭方《らんぽう》を学ばれ、西洋の薬種に深い知識をお持ちでした。わたくしどもが薬種を購入するにあたり、大きな力添えを頂きました」

皆川とは長崎で親交ができた。皆川は有田藩が改易となると大坂に移り住んだ。菊次郎は皆川にも学費を援助してやったという。阿片は抜け荷品のため高価だった。

「長崎に滞在しておりましたころ、武芝さまの御家中、久谷九十郎さまと知り合いました。久谷さまはお人柄がよく、何度かお食事をする内に、武芝さまが対馬藩の宗さまと懇意にしておられることをお聞かせくださいました」

確かに先代藩主政継の正室千玄院《せんげんいん》は宗家から輿入《こしい》れした。

「当家と宗家が親しいと何かおまえにとって都合がいいのか」

「唐船や紅毛船によってもたらされる薬種は、わたくしども大坂の薬種問屋が買い取っております。ですが、評判のよい薬種というものは、やはり多くの買い手がつきます。従いまして、値は上がる一方。しかし、朝鮮国から薬種が手に入れば……」

菊次郎は武芝家の役に立つことにより、宗家出入りを叶《かな》え、朝鮮から薬種を入手しようと考えたのだという。久谷には礼として阿片《アヘン》をやったという。

「久谷さまが江戸勤番となられると聞き、丁度、懇意にしておりました皆川さまも江戸に行かれることになりましたので、ご紹介申し上げたのです」

これで阿片と久谷、それに皆川が結びついた。岡田屋が武芝と八坂家の縁談に動いたのも理解できる。

「すると、山村家の旧臣どもが阿片を狙うというのはどういうことだ」

「あの方々は御家再興に動いておられます。おそらくはその資金を得ようとなさっておられるのでは」

菊次郎はしおらしい態度になってしまった。

「それで、阿片はまだあるのか」

「少々」

「どうして、持っておるのだ」

これには菊次郎は少し困ったような顔をしたが、黙っていることができないと思ったようで、有田浪人の一人に手渡すことを約束していたという。

「何という者だ」

「大山源太郎さまとおっしゃるお方です。大山さまはわたくしどもが阿片を扱ったことを知り、脅してきたのです」

「大山はそなたから阿片と同時に命までも奪おうとしたということか」

これには菊次郎は肩をすくめてその恐怖心を訴えた。いずれにしても、算盤《そろばん》通りにはいかなくなったということだ。

「それで、どうする気だ」

「どうすればいいのでしょうな」

「決まっておる。奉行所に訴え出るのだ。今、丁度、手代殺しの探索が進んでおるんだ。下手人は大山だ、理由は阿片にあると言ってやればいいではないか」

涼之進にすれば何ら躊躇《ちゅうちょ》するようなことではない。

房江も、

「すぐに行くがいい」

と、急《せ》かす。

「その通りでございますな」

菊次郎もようやくのこと心が決まったようである。が、まだ心細げな表情を浮かべているることに変わりはない。

「また、襲われると思っているのか」

「はい」

菊次郎は強く返事をした。

「ならば、わたしが付き添う」

こうなったら、乗りかかった船である。というより、武芝家の家臣も関わっているのだ。知らぬ顔はできない。すると、横から房江が口を挟んできた。

「わたしもゆくえ」

これには渋谷が、

「なりまへん」

「かまへん」

周囲がどんなに反対しても聞く耳を持ちそうにない姫だ。

「沢村がついておる。平気じゃ」

房江は言った。

こう言われてみると涼之進はこの姫に対して強い好奇心が湧《わ》いてくるのを否《いな》めない。といっても、危険な真似《まね》はさせられない。

「なに、奉行所まで行かずとも、近くの自身番でよいではないか」

結局、房江に押し切られた形で菊次郎の出頭に付き添うことになってしまった。房江、なんとも個性的な姫である。

「さ、行くぇ」

さっさと房江は立とうとしたが、

「姫、その恰好《かっこう》でございますか」

渋谷が言う。

確かに武家姿で自身番には行けない。

「わかった。着替えるわ」

房江は言った。

五

「さ、今の内に行きなはれ」

渋谷が言う。

「それでは、姫さまが」

菊次郎が躊躇《ためら》いを示したところで、

「かまへん。なんとでも言い訳はでけるがな」

賛同を求められ、ここは否定するわけにはいかない。房江はさぞや怒るに違いないが、ここは渋谷の策略に乗るに限る。

「ならば、行こう」

涼之進が立ち上がった時、

「痛い」

と、菊次郎が腹を押さえた。

「どうしはった」

「いや、ちょっと、疝気《せんき》ですわ」

いかにも苦しげな菊次郎である。渋谷が困ったような顔をしたところで、

「大丈夫ですわ。持参の薬がおますよってに」

と、信玄袋から紙包みの薬を取り出した。そこには万金丹と記してある。万能薬ということだ。それを白湯《さゆ》で菊次郎は喉《のど》に流し込んだ。いかにも苦しげな顔をしていたが、

「もう、大丈夫でおます」

「駕籠《かご》でも呼ぶかいな」

「渋谷さま、そないな気遣いは無用いうもんですわ。薬屋が薬に頼らんでどないしますのや」

強気を見せる菊次郎である。腹を押さえながらも立ち上がり、行きますと気丈なところを見せた。それからにっこり笑い、万金丹がいかに効き目のある薬であるかを宣伝した。疝気は芝居であったのかどうかはわからないが、菊次郎、何でも商いに結び付ける商人の鏡のような男だ。

「裏や、裏から行きなはれ」

渋谷の助言に従って、涼之進は菊次郎を伴い裏に回る。途中、庭掃除をしていた留吉が視線を向けてきたが、それを無視して先を急ぐ。

裏門を出たところで、

「出し抜こうとしても無駄や」

武家姿の房江が立っていた。

「これは、姫」

わざとらしく頭を下げる涼之進である。菊次郎は、

「あ、いたた」

と、わざとらしく腹を押さえていた。今度は明らかに仮病である。怪訝《けげん》な目を向けてくる房江に疝気であることをいかにも苦しげに伝えた。房江は納得のいかない顔をしたものの、先に立って歩き出した。

三人は御所の外郭を歩き出た。

「三条までまいるぞ」

房江はいかにも楽しげだ。この姫にとって、外界と接するのが楽しくてならないのだろう。涼之進と房江が並んで歩き、その後ろを菊次郎が従っていた。

「伊賀守殿はどのようなお方なのや」

何気ない調子で尋ねられた。

「いたって、ご聡明《そうめい》なお方です」

「それは渋谷からも聞いた。そなた、伊賀守殿のお側近《そば》くに仕えておるのやろう、もっと、ためになることを話しておくれ」

「そうですな」

しばらく考えてから、

「姫さまに似ていらっしゃいます」

「わたしに似ている……。姿形か」

房江はきょとんとなった。

「いいえ、そうではございません。なんと申しますか。うまくは申せませんが、好奇心旺盛《おうせい》で行いが破天荒。そして、ご自分の考えを通されるところです」

「ほう、わたしが破天荒か」

「ご自分ではそう思われませんか」

「まったく、思わぬ」

それが決して嘘《うそ》ではないことは房江の戸惑ったような表情で確かである。

「江戸に行くのが楽しみになってまいったな」

「それはようございました」

心底そう思った。都の姫が一人、江戸にやって来ることには当然ながら恐怖心すら抱いているものと思っていた。父祖伝来の地である都から江戸に行くなどとんでもないことになったものだと、己が運命を呪《のろ》い、かつ、父を憎んでいるのではと危惧《きぐ》していたところだ。だが、この姫なら一安心である。まさしく、男勝り、政直とは似合の夫婦になるかもしれない。おそらくは、家臣たちも振り回されるだろう。

と、ここで亜紀の顔が浮かんだ。

「ところで、亜紀殿とはどのようなお方じゃ」

そこへ、房江が亜紀のことを訊《き》いてきたものだから、言葉に詰まってしまった。

「大変にご聡明で」

「また、それか」

房江は苦笑を漏らす。

「美しい方なのか」

「はい」

「渋谷から聞いたが、諫早の国許《くにもと》の出とか」

思わず、かつては自分も恋い焦《こ》がれたことを口に出しそうになってしまった。

「そうか……。お美しいお方なのやな」

心持、房江の声は沈んだ。見たことも会ったこともない亜紀のことが気になるようだ。房江は亜紀に対してどのような態度に出るのだろう。負けず嫌いなようである。亜紀に対しても強い対抗心を抱いているに違いない。

「ま、よい」

何かを吹っ切るように房江の足が速まった。すると、物陰から侍たちが数人現れた。今度は覆面を付けてはいない。

「大山か」

涼之進は声を放つ。房江も身構えた。菊次郎が、

「お助けを」

と、両手を合わせて拝むような恰好をした。

「心配いらん」

菊次郎を背後に庇《かば》って大刀を抜いた。敵が斬《き》り込んでくる。房江が対抗しようとしたが、その前に涼之進は立ち、刃を受けた。背後で菊次郎が悲鳴を上げる。そちらに気を取られ、背後を振り返った。

敵は菊次郎の前に立ち、大刀を大上段に振りかざしている。菊次郎は腰を抜かしたようにその場に尻《しり》もちをついた。

涼之進は飛び込んで行き、敵の刃を跳ね返した。すると、敵は涼之進のことをまるで親の仇《かたき》のようにしゃにむに刃を振り回してくる。必死で防ぐ内に房江の奮闘が横目に映った。そこへ駕籠がやって来た。

「しまった」

と、思ったがもう遅い。

房江は駕籠に押し込まれてしまった。涼之進は駕籠に駆け寄ろうとしたが、無情にも駕籠は去って行った。

「姫！」

大きな声を放ったところで駕籠が戻ることはなかった。

「ああ」

菊次郎の悲鳴が聞こえる。

呆然《ぼうぜん》と立ち尽くす涼之進だった。

涼之進は菊次郎を奉行所に届け、手代殺し、有田浪人大山源太郎が下手人であること、そして、大山が房江をさらったことを話した。京都町奉行所は騒然となり、房江捜索を約束した。

その上で八坂屋敷に戻った。既に夕暮れである。奉行所から房江がさらわれたことが知らされてある。居間で渋谷が待ち構えていた。

「何をしてるのや」

まずは怒鳴られたが、言い訳はできない。

「まっこと、申し訳ござらん」

畳に額をこすりつける。だが、そうしたところで渋谷の怒りが収まることはなく、渋谷はどないするのやというのを繰り返した。涼之進とてそれですます気はない。平《ひら》蜘蛛《ぐも》のように平伏する涼之進に向かって、渋谷は途切れることなく批難の言葉を投げ続けた。

いくら責められたところで言い訳できないと、内心で自分を責めているところに留吉が入って来て渋谷に耳打ちをした。渋谷は言葉を止めたものの顔色は真っ青になっている。それから、

「中納言さまがお会いになるで」

いかにもおまえのせいで大変なことになったと言わんばかりだ。すぐに襖《ふすま》が開いた。

涼之進と渋谷は平伏した。

「まあ、頭、上げなはれ」

八坂の声がした。渋谷が涼之進に言う通りにするよう言う。

「こたびは、わたしの失態でございます」

顔を上げて出てくる言葉は詫《わ》び言ばかりだ。

従三位《じゅさんみ》権中納言《ごんちゅうなごん》八坂秀則《ひでのり》は白い狩衣《かりぎぬ》を身に着け、深草色の袴《はかま》を穿《は》いていた。立烏帽子《たてえぼし》をかぶり、細面にわし鼻、いかにも雅《みやび》な雰囲気を醸《かも》し出している。八坂は探るような目を向けてきた。

「おもろい顔をしてるな」

八坂の言ったことはあまりにも場違いで大きな戸惑いを隠すことはできない。

太い眉《まゆ》が動くのが自分でもわかる。

「房江、さらわれたんやな」

「申し訳ございません」

「自業自得《じごうじとく》や。房江の身勝手さが招いたことやで」

八坂の声は淡々としている。自分の娘に対する突き放した物言いは驚きである。

「無事にお連れせねば。下手人の見当はついておるのですから。奉行所も全力を挙げて探索に当たっております」

「そうやなあ」

八坂は浮かない顔だ。

六

「無事でなければ、伊賀守殿に申し訳ないがな」

八坂は言った。

「畏《おそ》れ入ります」

涼之進は頭を下げる。

それから、

「ところで、気になりますことが」

「どのようなことや」

八坂も気にかかるようだ。

「岡田屋菊次郎です」

「どないしたんや」

渋谷が反応した。

「あの者、自分の身代わりで手代が殺され、今回また自分の身代わりに房江さまがさられた」

「なんや、なにが言いたい」

渋谷は探るような目をした。

「渋谷さまは姫さまが外に行かれる前に、わざと着替えさせ、その隙《すき》にわたしと菊次郎を出かけさせようとなさいました。それが、菊次郎が疝気を起こしたがために出遅れてしまって、せっかくの企てが不調に終わってしまったのです」

「すると、それは菊次郎の企《たくら》みやと言うのやな」

渋谷はいかにも無念そうな顔である。

「わたしはそう思います」

「ほんなら、菊次郎と大山一味は繋《つな》がっているということかいな」

「そう考えるべきと思います」

言葉だけでは足りないと思い、力強く涼之進はうなずく。

「なんのために、大山たちは姫さまをさらったのや。まさか、身代金《みのしろきん》かいな」

「それはないやろう」

八坂が言った。涼之進が目を向けると、

「うちにそない大金があるやなんて、思ってもおらんやろうからな」

「ですが、武芝家と縁組ができたということで多額の結納金が入ると、狙《ねら》いを付けたのとちゃいますか」

渋谷が言った。

「それは考えられるかもわからんけど、そんではなあ」

八坂の顔に暗雲が垂れ込めた。

「いかがなさいましたか」

「これで、破談になると言いたいのや」

横で渋谷もその名の通り渋い顔をしている。

「どうしてですか」

涼之進は思わず膝《ひざ》を前に出した。

「そらそうやがな。房江はさらわれたのやで。傷もんになるいうことや」

わが娘のことをそうまで言える八坂に複雑な思いを抱いてしまった。

「そうとは限りません。いや、そんなことは絶対にありません」

強く言う。もちろん、何の根拠もないことだ。大山らが房江をさらった目的はわからない。おそらくは金目的で、房江の身体《からだ》目当てではないと思うが、それだからといって房江に危害が加えられない保証はない。むしろ、妙齢の公家《くげ》の娘に欲情を抱く男がいたとしてもおかしくはない。だとしたら、想像はしたくはないが、八坂の言葉は完全に否定できるものではない。八坂とて房江の無事を願っているのだろう。それを、傷ものと言うことの心中はさぞや苦悩に満ちたものであるに違いない。

それが涼之進も渋谷もわかるために、部屋の中には重苦しい空気が流れた。それを涼之進が破ろうとしたのを八坂が制した。

「房江が実際に傷もんになるかどうかはわからん。そないな目に遭うくらいやったら、房江は舌を嚙《か》むやろうな」

「そらむごいわ」

渋谷は両手で顔を覆《おお》った。

「それに、よしんば、房江が生きて戻って来たところでや、世間の目というもんがあるわ。どうしたって、世間は傷もんやと見るわな。そないな、姫をやな、武芝家とて嫁には迎えられるかいな」

八坂の表情は厳しい。

「そんなことはありません！」

わけもなく涼之進は大きな声を出してしまった。それほど、房江のことには好感が持てる。もちろん、恋心とは違う。政直の正室としてふさわしいお方、是非とも迎えたいと思ったのだった。

「大きい声出さんでもわかるで」

八坂は鼻で笑う。

「そんなことはございません」

ついむきになってしまう涼之進を八坂は宥《なだ》めるように、

「こんなことになってしもうて、伊賀守殿にはくれぐれも悪かったとお伝えあれ」

「諦《あきら》めてはなりません」

「あんた、ほんま、ええ人やな」

八坂の顔が苦笑いに歪《ゆが》んだ。

「しかし、考えてみてください」

涼之進は拳《こぶし》を握りしめた。

「なんや」

八坂は力ない目を向けてくる。

「もし、大山一味が金目的であるなら、武芝家に輿入《こしい》れできないとなれば、結納金を得ることができないことくらいはわかっているはず。それなら、きっと、姫さまを大事に扱うことと思います」

これには渋谷が手を打った。

「そうや、きっと、そうに違いないわ」

だが、八坂は冷めている。

「そら、そういう理屈も成り立つが、大山たちが房江をさらったのは金と決まったわけやない」

「すると、他にどういうことが考えられますか」

「それはやな」

八坂の言葉はここで止まった。

「いかがされたのですか」

胸がどきんとした。そうだ。ここに八坂家の秘密があるのではないか。大山たちはそれを狙ったということか。

「いや、なんでもないわ」

八坂は首を横に振った。

「教えてくだされ」

ここは食い下がる。

「なんでもないと言うてるやないか」

八坂は声を荒げた。これはやはり、怪しい。

「まあ、沢村はん」

渋谷が宥めてきたが、

「はい」

憤然と言い返す。

「控えなはれ」

渋谷は厳しい。

「しかし」

逆らったところで、

「文が届いてますわ」

留吉が襖を開けた。

渋谷がそれを受け取る。さっと目つきが厳しくなった。

「大山ですわ」

そう言って文を八坂に渡した。八坂はさすがに緊張を帯びた手でそれを受け止める。

涼之進は固唾《かたず》を飲んで八坂が文を読み終えるのを待った。

「明日の明け六つ、貴船《きぶね》神社に来いと言うてきたわ」

「貴船神社でおますか」

渋谷は混乱の余り、素《す》っ頓狂《とんきょう》な声を上げた。

「そうやがな」

八坂は顔をしかめる。

「金を持参せよとは書かれておりませんか」

「いや」

八坂は言いながら文を涼之進にも見せてくれた。そこには、わざと書いたのであろう、全《すべ》てがかな文字で明け六つ、貴船神社に来い。中納言さまが例の物をご持参くださりたく候《そうろう》、とあった。涼之進は渋谷に渡す。渋谷は目を皿のようにして読み始めた。

「例の物とは何でございますか」

「わからんわ」

八坂はぶっきらぼうに返す。そのことが、かえって、例の物の存在が重要なものであることを感じさせた。

「ともかく、敵は動きました。貴船神社とは何処《どこ》にあるのですか」

「ずっと、北や。鞍馬《くらま》の方やわ。歩くと二時ほどかかるわ。水神さまを祭ってある」

渋谷が言った。

「えらい、寒いとこや。夏やとええのやがな」

八坂が言い足した。どこまでも恍《とぼ》けたお公家さまである。娘が返されようというのに、この態度はどうなのだろうか。怪訝《けげん》な表情を浮かべる涼之進に言葉足らずと思ったのか、

「川床が有名でな。夏はひんやりとして鮎《あゆ》なんか食べながら一献傾けるのはええもんやで」

そんなことを聞いているのではないということを内心で毒づいた。

「わたしが行きます」

「なんやて」

八坂は困った顔をした。

「さらわれたのはわたしの手落ち。なんとしても敵から姫さまを奪い返してまいります」

まさに、その思いだ。このまま、指を咥《くわ》えて房江の帰りを待っているつもりはない。

「あかん。文には麿《まろ》が来い、と書いてある」

「ですから、わたしが中納言さまに扮《ふん》します」

「そんなことできるはずないがな」

「大丈夫です。やってみせます」

例によって根拠はない。意気込みだけである。

七

「あかん。おまえみたいなもんに麿の代わりが務まるはずないがな」

八坂の物言いは辛辣《しんらつ》なものだが、もっともな話だ。

「では、中納言さまお一人で行かれるおつもりですか」

「むろんや」

八坂は武芸自慢であることを思い出した。

「京八流の流れを汲《く》む剣をお使いとか」

「そうや」

八坂が平然と答える。どの程度の使い手かはわからないが、相手は複数だ。それに何といっても房江を人質に取られている。やはり、一人で行かせるわけにはいかない。

「わたしもまいります。そっと陰からお守りしますよ」

「あかん」

八坂はにべもない。どんなに拒絶されようが、承服するわけにはいかず、なんとしても自分も行くのだと言い張ったが、八坂は取りつく島もなく居間から出て行った。

追いかけようとした涼之進を渋谷が呼び止める。

「まあ、待つのや。せっかちなお人やな」

「そんなこと申されても」

「せやから、黙って、こそっと行ったらええがな。貴船神社に明け六つなんやから、それより前に行って待ってたらええのや」

そうだ。何も馬鹿《ばか》正直に八坂と同道することはないのだ。こんな簡単なことに頭が回らないとはよほど動転しているのだ。

浮き足立ってどうする。

「そう致します」

「ほんま単純なお人やで」

渋谷が苦笑を漏らす。

「ところで、例の物とは何ですか」

「わからんわ」

渋谷はかぶりを振った。それが惚けているのか心底知らないのか腹の底が読めない。

「八坂家に伝わる家宝なのではないですか」

そして、それが八坂家の秘事……。

思いもかけず、政直の密命が遂行できるかもしれないという思いが胸をついた。

「家宝いうたかて、それあ、何品かあることはありますけど、大した値にはならしまへん。古い掛け軸やら太刀やら壺《つぼ》やらですわ」

渋谷は呆《あき》れたように両手を広げた。

一体、なんなのだろう。

「渋谷さま、江戸においでになられた時、八坂家は古《いにしえ》より帝《みかど》にお仕えする由緒《ゆいしょ》ある家柄と申されましたな」

「そないなこと言うたかな」

惚けて見せてから、言った、言ったとにんまりと笑った。

「ならば、例の物とはそうした帝との繋《つな》がりを示す文書なのではないのですか」

渋谷は小首を傾《かし》げる。

「では、訊《き》きます。八坂中納言さまが武芝家と縁を結ぼうと思われた真意は何でございますか」

「せやから、それは、武芝家から持ち込まれ、ええ縁談やと中納言さまが乗り気になられたのや」

「ですから、何故《なにゆえ》ですか」

「そこまでは知らんがな」

「まことですか」

「しつこいな、あんたは」

渋谷はうんざりしたように腰を上げた。

「ちょっと、待ってください」

「なんや」

嫌な顔を向けられた。

「貴船神社にはどうやって行ったらよろしいのでしょう」

「なんや、そんなことかいな」

渋谷はあれこれと道順を説明してくれたが、都の地理に暗い涼之進にはうまく飲み込めない。そんな涼之進に気がついた渋谷は、

「ほんなら、留吉を連れて行ったらええがな」

と、言った。留吉なら役に立ちそうだ。

「かたじけない」

礼を言ったところで渋谷はさっさと出て行ってしまった。涼之進も表に出た。そこで留吉が薪《まき》を割っている。

「明朝、貴船神社まで案内を頼む」

留吉は薪を割っていた手を止めた。

「よし」

礼に薪割りを買って出た。

「すんまへん。どうも、しんどうてあきませんわ」

留吉は汗を拭《ぬぐ》った。

涼之進は薪を割りながら、

「八坂家に伝わる家宝を知ってるか」

「家宝なんて大したもんおませんがな。中納言さまいうても暮らしぶりは質素なもんやし、これまでにお宝かて手放さなあかんようなことにもなってもうたんですわ」

留吉の言うことは決して大袈裟《おおげさ》なものではないだろう。中級の公家《くげ》の暮らしは確かに楽ではない。そのことは、よくわかる。だが、大山一味は房江を誘拐してまで、例の物を欲しがった。一体、それは何だ。

どうにも気になる。

房江なら知っているのか。

そして、それが嫁入り道具になるのだろうか。

ひとまず、三条大橋の袂《たもと》にある旅籠《はたご》清水屋に戻ろうとした。暮れなずむ三条通りに仙石誠之助がいる。

「偶然か」

涼之進は皮肉たっぷりに声をかける。誠之助はそれを素知らぬ顔で聞き流す。

「ちと話がしたい」

「よかろう」

涼之進は誠之助を清水屋に案内した。暖簾《のれん》を潜《くぐ》るとすぐに女中が盥《たらい》に湯を汲んできた。湯で足をすすぐ。足から身体中に温《ぬく》もりが伝わる。つい笑みがこぼれてしまう。生き返ったような心地だ。乾いた布で足を拭《ふ》き二階の部屋に上がった。

「あいにく、豪勢なもてなしはできん」

「そんなことはどうだっていいさ」

誠之助は不敵とも思える笑みを浮かべた。

「なんだ、八坂家の秘密に探りを入れてきたのか」

「聞いた。房江姫さまがさらわれたそうではないか」

誠之助は所司代屋敷でそのことを聞いたという。涼之進は敵からの文が届いたことは黙っていた。いや、誠之助のことだ。そのことまで把握しているのかもしれない。この男の底知れぬ情報網は賞賛に値するが、その分不愉快にもなる。

「所司代でも事の重大さを認識し、人数を動員して房江姫さま捜索に動いているところだ」

「それはかたじけない」

一応は礼を言っておいた。

「おまえ、本当の目的は八坂家と武芝家の縁談を潰《つぶ》すことではないのか」

そう切り込んだ。

その疑いは拭い切れるものではない。現に江戸では縁談潰しの動きを見せたのだ。ここに来て、縁談妨害を再開したとしても驚きはない。

「疑うのはもっともだが、今回のこと、つまり、姫さまかどわかしはおれの仕業ではない」

誠之助は言った。

「そこまで疑う気はなかったが、それでも、松林さまは今回の縁談、苦々しく思っておられるのだろう」

「面白くは思っておられぬ。しかしながら、御公儀においても認められた縁談だ。今更、破談に追い込むことなど企んでどうする。それより、八坂家の秘密を知りたい」

誠之助が言っていることがどこまで本当なのか、本音なのか、わからない。だが、八坂家の秘密とは涼之進も知りたいことであるし、政直から探れと命じられていることでもある。

「おまえのことだ。何か見当をつけているのではないのか」

鎌《かま》をかけてみた。

「さて、どうかな。様々、古文書なども当たってはいるがな」

「古文書をひもといて何かわかったのか」

「八坂家が天孫降臨、つまり、帝が地上に下り立った高天原《たかまがはら》以来の家柄というのはわかったが、そのことが大きな秘密なのかというとどうにもわからん」

誠之助の表情を見れば、それが本音であることがよくわかる。

「おまえにわからぬことがおれにわかるはずもない。それに、今は姫を奪い返さねば。それが目下の急務だ」

涼之進は目を大きくしばたたいた。

「それはそうだろうが、おまえ、それにしては落ち着いておるな」

「そんなことあるものか」

内心たじろいでしまった。やはり、こいつは油断ならない男だ。涼之進の素振りで何かを感づいたのかもしれない。

「それより、有田浪人の大山という男、一体、何者だ」

「御家再興に動いておる。そのための資金稼ぎに阿片《アヘン》に目をつけたようだな」

誠之助は吐き捨てた。

「トカゲの尻尾《しっぽ》切りではあるまいな」

皮肉たっぷりに言う。

それにしても、何故、阿片を狙《ねら》っていた大山一味がここにきて房江姫をさらったのだ。房江を人質として八坂家の家宝を欲しがっているのはわかるが、八坂家の家宝が山村家再興に役立つのだろうか。

「八坂家のこともそうだが、おまえ、自分の家のことをもっと、考えたらどうだ」

誠之助の言葉は唐突だが、武芝家にも大きな秘密が隠されていると言うのが政直の考えだ。そのことを探らねばならない。

八

「武芝家に御公儀を憚《はばか》るような秘密などはない」

思い切り突っぱねた。

「おまえの顔にはそうではないと書いてあるぞ」

「おれを勘ぐって見るからそう見えるのだろう。馬鹿なことを言いだすのではないぞ。おまえこそ、武芝家を改易に処すことを企んでいるのではないのか」

「そんなことは考えておらん」

誠之助は首を横に振った。

「話はすんだ」

「一緒に飯でも食わんか」

言ってから冗談だと、誠之助は腰を上げた。

「見送りはせんぞ」

涼之進は吐き捨てた。

誠之助が立ち去ってから改めて考えてみる。大山の動き、八坂家のこと、そして武芝家のこと、どれもが五里霧中である。どうにも大きな壁にぶち当たってしまった。ともかく、眼前に迫る危機を一つ一つ、乗り越えていくしかない。大山たちの動きが八坂家の秘密に迫るものなのかどうかは確信が持てないが、深く関わるものと思っている。八坂中納言に家宝を持参せよと通告してきたのが、何よりの証《あかし》だ。

ともかく、貴船神社だ。

そう思い、涼之進は気を引き締めた。


丑三《うしみ》つ（午前二時頃）となり、涼之進は留吉の案内で貴船神社を目指した。提灯《ちょうちん》の頼りない灯が足元を照らす中、洛北《らくほく》へと足を伸ばす。空一面の星である。月はないが、星の瞬《また》きは胸を鷲摑《わしづか》みにされるように美しい。鴨川の上流に向かい、下賀茂神社が見えると高野川に道を採った。それから、さらに川沿いの道を歩き、岩倉村を経て鞍馬街道に出た。両側に山影を見ながら黙々と歩く。歩くに従い身体《からだ》が自然と温まった。吐く息は白いが、身体には生気がみなぎっている。

旅籠を出て一時（二時間）ほどで川のせせらぎが聞こえてくる。留吉が貴船川だと教えてくれた。

「この川を北へ上がっていったところですわ」

留吉はひ弱そうな見かけとは違って中々の健脚である。

「もうすぐか」

「半里ほどですわ」

事もなげに留吉は返したが、まだ、半里もあるのかという思いにもなった。

「貴船さんは水神ですよってに、よう拝んだらええですわ」

何故、水神に祈らなければならないのかという気になったが、ともかく、こうなったら、すがれるものなら何でもかまわないという心境にもなっている。

やがて左手に鳥居が見えてきた。鳥居の向こうに天に向かって石段が伸びている。石段の両側には各段ごとに行灯《あんどん》が連なっていた。

「もみじ行灯と言うんですわ」

留吉が教えてくれる。

なるほど、晩秋ともなれば、周囲に植えられている紅葉を色鮮やかに浮かび上がらせるだろう。だが、時節を過ぎた真冬とあっては、葉を散らした木々に比べて行灯の朱色の方が際立《きわだ》って見える。

石段を上がり、境内に出た。空が白んでいる。本宮に参拝をしてから、大山たちを待つことにした。

動きが止まると、心身共に寒さで凍えてきた。雪が降っていないのが不思議なくらいだ。川のせせらぎの音が一層高まったような気がする。

まだ、日が出てはいない。薄暗い境内は野鳥すらも眠りの中にあった。

「誰もおらんな」

「当たり前ですわ。こんな時刻に参詣《さんけい》になんか来るもんおりまへんで」

留吉の言葉は癇《かん》に障《さわ》るがそれももっともなことだった。寒風に吹きさらされながら身を小さくした。本宮の縁の下に潜り込み、風を避ける。やがて、空が明るくなってきた。白々明けである。夜明けが間近となって野鳥たちが目覚めた。鳥ばかりは元気がいい。いささか、羨《うらや》ましくもなる。

だが、空は乳白色のままだ。今にも雪が降ってきそうな雪催《ゆきもよ》いの朝である。

「留吉、もういいぞ」

そう言うと、

「なんですの」

「もう、帰っていい」

「いや、残ってますがな。帰り道、迷いますやろ」

「御所を目指せばいいのだろう。人に聞けばわからぬことはない」

「そらそうですけど、わて、もう少し居てますわ」

どうやら留吉はこれから起こるであろうひと騒動を見物しようという腹のようだ。

「危ないぞ」

「かましまへんて」

「正直言って迷惑だ」

「まあ、そう言わんと」

この、人を食った男に何を言っても暖簾《のれん》に腕押し、糠《ぬか》に釘《くぎ》である。

「勝手にしろ。但《ただ》し、どうなっても知らんぞ」

強く言う。

「おおきに」

留吉は満面に笑みを広げた。

と、ここで足音がした。思わず耳をすます。鳥居の前に駕籠《かご》がつけられた。その駕籠の周囲を数人の侍が囲んでいる。

「おいでなすった」

嫌が上にも緊張が高まる。

駕籠の垂れが捲《まく》り上げられた。房江が出て来た。猿轡《さるぐつわ》をかまされ、縄で後ろ手に縛られている。服装は昨日のままだ。大山が猿轡を取り去った。

「無礼者！」

途端に房江の声が境内を震わせた。房江は凄《すご》い目で大山を睨《にら》む。大山は無言だった。

「縄を解け」

房江は言う。

「それはできません」

大山が一喝した。房江は挑みかかるような目で睨み据えるようにしている。

「間もなくお父上が参られます。それまでのご辛抱ですぞ」

房江は反発すると思いきや、

「父は来ぬ」

と、吐き捨てた。

「そのようなことはございますまい。たった一人の姫。武芝家へ嫁ぐことも決まっておるのですぞ」

「だが、おまえたちのせいでそれも破談じゃ。傷ものになったと思われよう」

「指一本触れておりませぬ」

「父がそれを信じようか。傷ものになった娘のために大事な家宝など持ってきはせん」

房江の言い方はどこか投げやりなものだった。大山は気圧《けお》されたように口をつぐんでしまった。朝靄《あさもや》が次第に晴れてゆく。朝靄に包まれた幻想的な世界に下り立った水神が水底に消えてゆくようだ。山間《やまあい》から朝日が顔を覗《のぞ》かせた。すると、そこに駕籠がやって来る。駕籠には渋谷彦右衛門が付き添っていた。

駕籠の垂れが開いた。狩衣《かりぎぬ》姿の八坂がすっくと立ち上がった。その姿には一種の神々《こうごう》しさがあった。

房江の目が輝いたようだ。

「中納言さま、よくぞお出《い》でになられましたな」

大山が言う。

「早く、娘を離すのや」

八坂は言い放った。

「お言葉ではございますが、その前に家宝をお渡しねがえませぬか」

大山が丁寧に申し出る。

「願えぬな」

八坂は傲然《ごうぜん》と言い放つ。

「これはまた」

大山は苦笑を浮かべ、それではと房江の背後に立ってはらりと大刀を抜いた。朝日を弾く刃《やいば》が妖《あや》しいまでの輝きを放つ。

それを縄目に押し当てる。ずぶっという鈍い音と共に房江の縄が切られた。

だが、これで房江が解き放たれたわけではない。切っ先が喉笛《のどぶえ》にしっかりと当てられたままである。房江が寸分でも動けば、たちどころに喉笛が刺し貫かれ、鮮血が房江の身体を染めることは疑う余地がない。房江にも大山の殺気は十分過ぎるくらいに伝わったのだろう。気丈さを押し殺し、抵抗をせずに言葉もなく堪えていた。

「さあ、中納言さま」

大山は勝ち誇ったように声をかける。

「父上、このような者どもに大事な家宝など断じて渡してはなりませんぞ」

房江の気丈さは失われていない。さすがは房江だと涼之進は感動すらした。

「中納言さまがここまでおいでになられたということは、家宝を渡すお覚悟の上ではございませんか」

大山は不敵に笑う。

「成敗してください」

房江は声を放った。

「さあ、くださりませ」

大山が迫る。

「中納言さま……」

焦《じ》れたように声を出したのは渋谷である。

「なんや、情けない声など出すものやない」

諫《いさ》めてから八坂は渋谷を見る。渋谷は紫の袱紗《ふくさ》包みを八坂に差し出した。八坂はそれを受け取り大山に向き直った。

「畏《おそ》れ入ります。こちらまでお持ちください」

「ええやろう」

八坂は心を決めたようだ。大山に向かってゆっくりと歩いて行く。大山は嬉々《きき》として八坂を待ち受けた。房江は足をわずかに動かしたが、大山とて逃れさせてはならじ、としっかと肩を摑《つか》んで離さない。八坂は袱紗包みを大山に差し出した。

右手が塞《ふさ》がっている大山は左手でそれを受け取ろうとした。

八坂の手から袱紗包みが放り投げられた。袱紗包みは放物線を描いた。思わず、大山は身を乗り出して受け止めようとした。

この時、房江の喉笛から大刀の切っ先が離れた。この機を逃さず、房江は大山から逃れた。袱紗包みが地べたを転がる。

それを求めて大山が身を屈《かが》める。大山は袱紗包みを拾い、袱紗を取り払った。古びた巻物が現れた。

九

房江は八坂の元に駆け寄った。

大山は巻物を持って踵《きびす》を返す。

八坂はそれを奪い返すべく追いかけようとした。しかし、何処《どこ》に隠れていたのか一斉にばたばたと大勢の侍が立ちはだかった。みな、長柄の鑓《やり》を手にしている。八坂は腰の太刀を抜き放つ。

武士たちは鑓衾《やりぶすま》を作り寄せつけようとしない。

それまで、成行きを見守っていた涼之進だったが、

「やったるたい！」

と、全身の血をたぎらせ本宮の床下から飛び出した。

飛び出すと同時に大山と鉢合わせる。

「な、なんだ」

大山はぎょっとなってのけ反ったものの眼前に立ち塞がる涼之進に気がつき巻物を懐《ふところ》に仕舞うと、

「退《ど》け！」

甲走った声を発する。

涼之進は大刀を抜き放った。大山が斬《き》り込んできた。左足を引き、大山の刃を刀身で受け流す。次いで間髪を容《い》れず逆に斬り込みをかける。

大山の大刀がぶつかり、涼之進を押しやる。霜の降りた地べたは足元が悪く涼之進はわずかによろめいた。

大山が横を走り抜ける。そのまま境内を横切って行く。すかさず後を追う。だが、敵もさるもの。涼之進の動きを予測していた如《ごと》く次々と新手を繰り出してきた。涼之進は斬り合いながらも大山を追いかける。

次々と斬りかかってくる敵を蹴《け》散《ち》らしつつ大山を追うことは至難の業だが、そんなことは言っていられない。息が上がりながらも境内を抜け、石段を走る。

両脇《りょうわき》に並ぶ常夜灯の灯りは消えている。朝露に濡《ぬ》れた石段は滑りやすいが、涼之進は一段飛びに駆け下りた。

大山は川沿いの道を走ってゆく。

半町ほど先の石橋で涼之進は追いついた。

「いざ、勝負だ」

そう挑みかかる。

「そんな暇はない」

「暇はないのはこっちもだ」

言いながら刃を向ける。大山も勝負は避けられないと覚悟したのか正眼に構えた。

「てえい！」

渾身《こんしん》の力を籠《こ》めて突きを繰り出したが空を切ってしまった。橋の上は滑ること甚だしい。欄干がないため、気を付けないと貴船川に真っ逆さまだ。

「死ね！」

今度は大山が憤怒《ふんぬ》の形相で大刀を横一閃《いっせん》させた。

涼之進の刃とぶつかり合う。凄《すさ》まじい斬撃《ざんげき》を受け、両手が痺《しび》れたと思うと身体《からだ》がふらついた。

と、

「ああ」

自分でも情けない声を漏らし、程なくして橋の上から転落してしまった。急流にもまれながら川に立つ。幸い浅瀬だが、水の冷たさと流れの激しさで思ったように身体が動かない。

もがきながらも石橋の上を見上げる。嘲笑《あざわら》うかのように大山は走り去ってしまった。

「おのれ」

悔しがっても遅い。

それどころか、水に濡れた身体は全身に力が入ってこない。つくづくしくじったものである。大刀を鞘《さや》に戻し、流れに逆らうように腰を落としてゆっくりと河岸に向かう。

中々うまく歩けなかったが、歯を食い縛って岸に上がった。すると、

「奮戦、ご苦労だったな」

誠之助が立っていた。

「おまえ」

嫌なところを見られたという恥ずかしさと、またもや探りを入れていたのかという腹立たしさとでなんとも不快な気持ちになった。だが、それよりも悪寒《おかん》が走る。川風

に煽《あお》られ、寒さに身を縮めた。歯ががたがたと鳴って嚙《か》み合わない。そんな涼之進に向かって、

「風邪をひくぞ」

誠之助は余裕で言うと、涼之進に手を貸して道に立った。

「この先に料理屋がある」

「それがどうした」

「濡れた着物を乾かさねばなるまい」

「大山を追うのが先決だ」

「どこへ行ったのかわかるのか。今から追いかけたところで見つかるものか」

誠之助の言い分はもっともである。今更、追いかけたところで山中をさまようだけであろう。

「わかった」

了解した途端にくしゃみがでた。

「水も滴《したた》るいい男とは程遠いな」

からかい半分に言う誠之助が恨めしい。

「言いたいだけ言え」

それだけ言うと誠之助の手を思い切り引っ張った。誠之助はそれが予想外だったのだろう。足を滑らせ川に落ちた。

「すまん、ちょっと、手元が狂った」

そう言い放つ。

「ふん」

苦笑を浮かべる誠之助である。

二人は半町ほど歩いた料理屋へと入った。茅葺《かやぶき》屋根の百姓家といった建物だ。既に話が通っているのだろう。主人は二人を招き入れた。右に広い土間があり、そこが台所となっている。左は小上がりになった板敷で、真ん中に囲炉裏《いろり》が切ってある。囲炉裏には火が熾《おこ》されている。

着物を脱ぎ、下帯一つになる。誠之助の身体は着瘦《きやせ》するのだろう。胸板が厚く、腹は鋼《はがね》のようだ。武芸の修練を怠っていないことをその身体は物語っていた。

「火は何よりの馳走《ちそう》だな」

日頃から理屈っぽい誠之助だが、この言葉には納得ができる。

「まったくだな」

納得したところで、主人が熱燗《あつかん》を持って来た。

「朝から酒か」

わずかな後ろめたさが鎌首《かまくび》をもたげる。

「かまわんではないか。この寒さだ。酒でも飲まないと身体に障《さわ》る」

誠之助はけろっとしたものである。

「それはそうだが」

まだ躊躇《ためら》いを示す涼之進に、

「それに、これから一働きをせねばならんからな」

誠之助の言葉は思わせぶりだ。その疑問を目に込める。

「隠密を放ってある」

「大山の後を追ったのか」

「いかにも」

いかにも誠之助らしい抜け目のなさである。おそらくは、涼之進の動きを見張らせていたのだろう。

「だから、まずは、身体が動くようにせねばならんということだ」

誠之助は銚子《ちょうし》を向けてきた。

酌を受けようと猪口《ちょこ》を手にしたところで、板敷に置いた。まさか、毒を盛るようなことはないだろうが、眠り薬くらいは仕込んでいるのかもしれない。誠之助なら油断できないところだ。すると、そんな涼之進の心の内を見透かしたかのように、

「何も入っておらんさ」

言いながら誠之助は自分の猪口を満たし、それを一息に飲み干した。それから、平気だろうというような顔を向けてくる。

「さあ、飲め」

今度は酌を受けた。

猪口を飲み干すと胃の腑《ふ》が歓迎しているのがわかった。人心地ついたところで房江と八坂秀則のことが気になった。

「中納言さまと姫さまはご無事であろうな」

「ああ、御無事にお戻りになられたところだ」

「姫さまもとにかくご無事でよかった」

その言葉の裏には房江は決して穢《けが》されてはいないとの思いがある。それについては誠之助は無言を貫いた。

「それにしても、あの巻物、気になるな」

誠之助が目指しているのはあくまで八坂家の秘密のようだ。

「八坂中納言さまが持参なさったのだ。さぞや、どんな家宝かと思っていたが、蓋《ふた》を開ければ、巻物が一つ。さぞや、すごい事が記されているに違いない」

涼之進には想像がつかない展開となってきたが、誠之助になら見当がつくのかもしれない。

「おまえ、おおよその見当をつけているのではないか」

「いや、どうかな」

それは満更恍《とぼ》けているようには見えない。

「ともかく、大山からその巻物を取り戻せばわかることたい」

そういうとやおら猪口を飲み干した。やがて、飯と味噌汁《みそしる》、それに岩魚《いわな》の塩焼きが運ばれて来た。湯気を立てている熱々のご飯が目に染《し》みる。腹の虫も歓迎の意をぐうっと鳴ることで表した。味噌汁は京都風の白味噌だ。豆腐を食べ、舌を火傷《やけど》するくらいの味噌汁をすする。次いで、岩魚にかぶりついた。

「うまか」

思わず笑みがこぼれる。

あぐらをかいたままかきこむようにして丼飯《どんぶりめし》を平らげてしまった。それに対し、誠之助はきちんと正座をして一口一口、きちんと口に運ぶとゆっくりと咀嚼《そしゃく》をしている。

「気取って食べたって、下帯一つの裸には不似合いたい」

そう声をかけたが、

「武士たる者、いかなる時も矜持《きょうじ》を失ってはならない」

すまし顔で返す誠之助は、文句がないほどに毅然《きぜん》としていた。格好つけやがってという反感は不思議と起きない。そんな誠之助とは対照的に涼之進はもりもり、いや、がつがつと食べた。

十

腹を満たし、乾いた着物を着ると人心地ついた。全身に気力がみなぎってくる。それは誠之助も同様で、普段の冷静な誠之助には見られない顔に火照《ほて》りを見せている。

そこへ、隠密からの報告が届いた。

「わかったぞ、鞍馬の山中だ。古びた祠《ほこら》があるのだ。所在はわかる」

「鞍馬とはここから近いのか」

「急げば半時(一時間)ほどだな」

言いながら誠之助は立ち上がった。涼之進とてここで黙っているわけにはいかない。

二人は料理屋を出ると川沿いの道を歩き、鞍馬街道に出たところで鞍馬山に向かった。

「険しいのう」

誠之助が弱音を吐くのは珍しい。それがなんとも優越感となり心地よい気分に浸ることができた。

街道から山間の道を進み、鞍馬山へとやって来た。

「さすがに、源義経《よしつね》が牛若丸の頃、修業を積んだだけのことはあるな」

妙に感心してしまった。ところが、誠之助はというとそんなことには全くの無関心に冷静な面持ちで周囲を見回している。

「あの裏手だな」

誠之助は天に屹立《きつりつ》する杉の木立を指差し涼之進の返事を待つことなく奥へと進んで行く。黙ってそれについてゆく。

やがて、二人は鞍馬山の山中に入った。急峻《きゅうしゅん》な山肌に繁殖する雑草や苔《こけ》に足を取られながらも登り続け、やがて古びた祠へとやって来た。鬱蒼《うっそう》とした森林に囲まれたその祠は不気味な空気が醸《かも》し出されている。見るからに怪しげな建物だ。昼近いというのに森の中にあるため薄暗い。周囲に篝火《かがりび》が焚《た》かれていた。二人はどちらからともなく、足音を忍ばせ建物に近づいた。

周囲を濡れ縁が巡り、檜皮葺《ひわだぶき》屋根の建物から人の声が聞こえてくる。濡れ縁に立つと格子《こうし》の隙間《すきま》から様子を窺《うかが》う。

中には護摩壇《ごまだん》が設けられ、火が焚かれていた。大山がその前に座り何やら祈禱《きとう》めいたことをしている。山伏の格好をした彼らは修験者の如《ごと》くだった。

そして、大山は彼らに向き直り言った。

「これが手に入った以上は大きな収穫である。これを御公儀に持ち込めば、御家再興も叶《かな》うであろう」

大山は言った。

「おう」

雄叫《おたけ》びが上がる。

「どうして、有田浪人があの巻物を手に入れたがるのだ。あれが、有田藩再興の切り札となるのか」

「なるということだろうな」

誠之助の言い方は曖昧《あいまい》だったが、それは間違いなく肯定しているようだ。

「見てみたいな」

涼之進が言うと、

「おれもさ」

誠之助は応じたが、内心では内容の見当がついていることは明らかである。

「どうする」

「さてな」

誠之助は思案するように腕組みをした。

「こうなったら、侵入し、相手の虚をついて奪い去るしかあるまい」

涼之進の考えはいつもながら単純明快だ。

「おまえらしいな」

誠之助は小馬鹿《こばか》にするように鼻で笑った。

「なら、どうするんだ」

むっとする涼之進に、

「よく見ろ」

誠之助はあくまで落ち着いた物言いだ。冷静になって視線を凝らす。すると、護摩の前には複数の巻物があった。

「どれか、わかるか」

誠之助は言う。

「わかるはずがない」

どれも似たりよったりである。

「全部、奪えばいいさ」

涼之進の負けず嫌いの気持ちが湧《わ》き上がった。

「乱暴だな」

誠之助の冷静さが鼻につく。

「じゃあ、どうする」

「火をつけるさ」

誠之助は事もなげに言う。

「火事を起こして、持ち出すのを見計らうのか」

「そういうことだ」

「おまえの方がよっぽど乱暴ではないか」

「ま、いいだろう」

誠之助は涼しい顔である。周りに焚かれている篝火に近づく。薪《まき》の一本を取ろうとした。

「おい、ぼけっとしている場合ではないぞ」

そう声をかけられ、あわてて涼之進も篝火に近づいた。

と、そこへ、

「曲者《くせもの》！」

という声がしたと思うとたちまちにして山伏集団に囲まれてしまった。御堂の観音扉が開いた。

「おお、ここまで来たのか」

大山が姿を現した。

「巻物を返せ」

いかにも涼之進らしい単刀直入さで訴えかける。

「駄目だ」

当然の如く大山は拒絶を示した。

「連れて来い」

大山が山伏に命じ、涼之進と誠之助を御堂へと連れて行く。誠之助は平然としていた。とんだしくじりをしたものである。このまま、どうなるのだろうという不安がこみあげるが、不思議と命を失うのではないかという危機感はない。自分の鈍感さなのか、まだ、実際の危機に直面していないからなのか。ともかく、決して楽観できない状況に陥ったことは確かである。

御堂に入れられた。

「座れ」

大山が命じる。

涼之進も誠之助も逆らうことなく静かに座る。

「おまえら、武芝家中だな」

「いかにも」

涼之進は言う。

誠之助は無言で大山を睨《にら》んでいた。大山が、

「おまえは武芝家の者ではあるまい」

「おれは松林家中の者、仙石誠之助と申す」

いかにも堂々たる態度だ。

「ほう、松林のな」

大山の目が吊《つ》り上がった。

山伏たちの間からどよめきが起きた。それはそうであろう。彼らからすれば、松林は御家を潰《つぶ》した憎い敵に違いない。

「そうか、松林は未《いま》だに我らの動きを警戒しておるのだな」

すると誰言うともなく、

「斬《き》れ」

という声が上がった。それを契機に御堂内には殺気だった空気が流れた。

「ようし」

大山は大刀を抜き放った。そして、切っ先を誠之助の眼前に突き出す。

「おれを斬っていいのか」

誠之助は傲然《ごうぜん》と言い放った。

それは大山にとっては意外な問いかけであったのだろう、大刀を振るう手が止まった。

「おれを使うことを考えたらどうだ」

「……」

「その巻物、それを御家再興に利用するのだろう」

「おまえ、誰に聞いた」

「そんなことくらい、おまえたちの動きを見定めていれば、想像がつく。巻物を幕閣との取引に使わねばならん。おれなら交渉役にふさわしいとは思わぬか」

誠之助らしい自信たっぷりな物言いだ。

「おまえ……」

大山は口を閉じた。

「どうだ。人は生かしてこそ使えるというものだ。おまえたちの悲願は御家再興であろう」

「おまえ、そんなうまいことを言って我らから巻物を奪う気だな」

「疑いたくば疑え」

すると、山伏たちは誠之助を斬れという者、生かして使えという者に分れた。その喧騒《けんそう》の中、誠之助はそれを楽しむように口を閉ざしている。

なんだか、自分一人が仲間外れのような気になってしまった。

「その巻物、見せてくれ」

ついそんな言葉が口から飛び出す。

虚を突かれたように大山は涼之進を見返した。

「巻物にどんなことが書いてあるのだ。そのこと、おれも知る資格はあると思うぞ。なにせ、その持ち主である八坂中納言さまを訪ね、遥々《はるばる》江戸からやって来たのだ」

いささか、強引すぎるこじつけともいえる、理由づけだということはわかる。だが、そんなことはどうでもいい。今は、一つの大名家が再興できるくらいの価値ある巻物に俄然《がぜん》興味が湧いてきた。

「なあ、見せてくれ。見せてくれたっていいだろう」

「おまえ、本気で申しておるのか」

「本気も本気だ。見せてくれたところで、持って逃げてゆくことなんかできやせんさ。そうだろう。こんな大勢に囲まれているんだからな」

涼之進は大きな声で笑った。

大山はしばらく黙っていたが、

「よかろう」

と、言った。

十一

緊張の一瞬である。

大山はおもむろに巻物を取り出し、おごそかな物でも取り扱うようにしてひもとくとそれを広げる。

「読んでみよ」

大山に言われ涼之進は手を伸ばしたが大山に、

「大切に扱え」

言われなくてもわかっている。それにこれは大山の持ち物ではない。その大山に言われる筋合いはないのだが、それでもつい、物怖《ものお》じしてしまうのはこれまでに散々聞かされてきた八坂家の秘密ということが頭の中にあるからである。つい、両手で巻物を受け取りそれを持ち上げてみた。巻物は烏文字《からすもじ》と呼ばれる文字で記され、熊野《くまの》宝印の朱印が押されている。つまり、熊野権現《ごんげん》の起請文《きしょうもん》だった。涼之進には読めなかったが、幸い起請文とは別に書付が添えてある。

素早く視線を走らせる。達筆すぎて読むのに多少の時を要した。そこにはまず、八坂家の先祖からの家系について記され、それから、時代が下って、朝鮮戦役について述べてある。家康は秘かに明国と通じようとした。明国との交易によって莫大《ばくだい》な富を得、天下取りを期した。そのためには、明の皇帝から日本国王に冊封《さくほう》される必要がある。家康は太閤秀吉《たいこうひでよし》を裏切り、明国皇帝と手を結ぶことを考えた。また、朝廷の中にも明国や朝鮮との戦に反対する者たちがいた。その先鋒《せんぽう》が当時の八坂家の当主秀明《ひであき》だった。家康は秀明を通じて朝廷を動かし明国皇帝との接触を図った。ところが、石田三成《みつなり》がそんな家康に不信感を抱き、毒殺を計ろうとした。それを防いだのが武芝政高《まさたか》と山村森安《もりやす》。当時の武芝家と山村家の当主である。事は八坂秀明が茶道頭を務める茶室で起きたという。三成は茶に毒を盛った。政高と森安は三成から企てを聞き、家康に茶を飲ませなかった。わざと、二人で喧嘩《けんか》をし、茶席を台無しにしたのだという。

後日、政高と森安の真意を知った家康は二人に感謝すると同時に、自分の野望を打ち明け、天下取りが叶《かな》ったなら、必ず領知（＝領地）を与え、子孫永劫《えいごう》その領知を保証することを、八坂秀明を証人として約定したのだった。

「なんとしたこと」

思わず驚きの声を上げてしまった。大山が、

「これによると、当家は神君家康公によって保障された家柄ということになる。よっ

て、これを元に幕閣に働きかけようと思うのだ」

と、言った。

なるほど、八坂家は家康の弱みを握っていたのだ。その八坂家、家康、そして武芝にはその密約に携わった経緯があったのだ。これによって、武芝は三万石の小藩ながら家格は城主、参勤は柳の間詰の大名と同じということになったのだろう。家康は約定を熊野権現の起請文として巻物にした。そして起請文は八坂家に預けられた。江戸開府後、泰平の世が続き起請文の存在は忘れられたが、山村家改易により、武芝家中でその存在が浮上した。

横目に誠之助の様子を窺《うかが》う。誠之助はいたって落ち着き払っているものの目がちらちらと小刻みに動いていた。やはり、この男とて驚きは隠せないようだ。それはそうだろう。神君家康は秀吉を裏切ろうとしていた。明との交易を行いたいために明皇帝に日本国王に冊封されることを望んでいたのだ。日本国を明に売ろうとしていたと見られかねない重大事が表沙汰《おもてざた》になれば幕府の威信を大いに傷つけるものだ。

「どうだ。これさえ手に入れば」

大山はしたり顔である。

「いかにも、これは強烈な巻物であるな」

誠之助は言った。

「であろう」

大山は涼之進の手から巻物を引っ込めた。

「これで、冥途《めいど》への土産になったな」

大山の目は鋭く凝らされた。

「なんだと」

涼之進の胸に恐怖心が湧き上がる。

「おまえは生かしておくわけにはいかない」

「おれの命を絶つか。よし、腹を据えた。据えたからにはどうだっていいさ。やれるものなら、やってみろ」

開き直った。

「何もこの男の命を奪う必要はあるまい」

誠之助が言った。

「おまえの指図は受けぬ」

大山は遮った。

「しかし」

「黙れ」

大山は己の迷いを断ち切るように鋭い言葉を浴びせた。次いで、

「行くぞ」

と、立ち上がる。

「仙石、おまえは、引き連れて行く。松林との交渉役を任せる」

そう言うと山伏に目配せをした。山伏たちが誠之助の両脇《りょうわき》から腕を摑《つか》んだ。誠之助は抵抗しようにもそれができないくらいにがっちりと腕を摑まれている。

「おまえはここで丸焼けになれ」

大山は言うと、観音扉を閉め、外から閂《かんぬき》をかけてしまった。

「出せ！」

どんどんと手で観音扉を叩《たた》く。

「さらばじゃ」

大山の声がしたと思うと、焦《こ》げ臭い匂《にお》いが鼻をついた。床から煙が立ち上る。咳《せき》にむせてしまった。

「おい」

必死で呼ばわるが助けがくるはずもない。そうこうしている内に煙が回り、火の手

が上がった。火の勢いは強くなる一方だ。身体《からだ》中が焼かれるのにそれほど時を要することはないだろう。

観音扉に体当たりをする。

やや軋《きし》んだ音がした。

「よし」

思い切り体をぶつける。さらに観音扉がきしんだ。

「やったるたい！」

大きく気合いを入れて猪《いのしし》のように突進をした。天井から火の粉が降りかかる。熱くて仕方がないがそんなことにはかまっていられない。

「やったるたい！」

もう一度叫ぶと渾身《こんしん》の力を込めて体当たりをした。観音扉が鈍い音を立てて開いた。同時に涼之進の身体が飛び出す。祠《ほこら》が炎に包まれた。寒空を焦がす火柱は巨大な焚《た》き火のようだ。それは妖《あや》しい美しさを醸《かも》し出していた。

大山の背中が見える。大山たちは地獄の炎の中から脱出した涼之進に驚きと戸惑いの表情を浮かべたのも束《つか》の間《ま》、凄《すご》い形相で涼之進に刃を向けてくる。

涼之進は大刀を抜き、大山たちに向かって斬りかかる。涼之進に応じるように誠之助も大刀を抜き、すかさず大山に刃を向ける。不意をつかれた大山は浮き足立った。誠之助は刃の切っ先を大山の鼻先につきつける。大山は仰《の》け反《ぞ》る。

「刀を捨てろ」

誠之助は鋭い眼光で睨みつける。大山は黙って大刀を捨てた。山伏たちは涼之進相手に斬り合いを続けている。

「巻物を寄越せ」

さらに誠之助は迫る。

大山はうなずくと懐《ふところ》に右手を入れた。

と、次の瞬間、大山の右手に握られた巻物が宙を舞った。

「ああっ」

沈着冷静を以《も》って鳴る誠之助が小さな悲鳴を漏らす。巻物は杉の木立の間を落下していく。

「しまったたい」

涼之進も気がついた。

誠之助が巻物の行方を追っている間に大山は山伏たちを引き連れ山中に消えた。

涼之進も誠之助も大山たちを追うことは諦《あきら》め、巻物を追った。杉の間を走り抜けると、草むらに落ちる巻物が見えた。

「あっ、おい」

落ちた巻物は山肌を転がってゆく。それに追いつこうとしたが、二人の願いと努力も虚《むな》しく巻物は崖《がけ》の下へ落ち、鞍馬川の急流に呑《の》まれてしまった。

十二

夕暮れとなり、

「すみません」

八坂家に戻り涼之進は頭を垂れた。

大事な家宝が失われてしまったのだ。どの面《つら》下げてここに帰って来たと言われても仕方がない。八坂はむすっと押し黙ったままである。いっそのこと、罵声《ばせい》でも浴びせてくれたほうがいい。その方が気が楽だ。いや、自分の気持ちを楽にしている場合ではない。伏し目がちになったまま八坂を窺う。

口を閉ざしたままでは空気が重くなるだけだ。嫌な雰囲気を払拭《ふっしょく》するように大山一党を追って鞍馬へ行ったこと、老中松林備前守の懐刀仙石誠之助と共に大山から巻物を奪還すべく行動したことを簡潔に話した。話し終えたところで、ようやく八坂の口が開かれた。

「巻物の中味、見たのやな」

刃物のような目で睨《にら》まれた。八坂家の秘事をおまえ如《ごと》きが覗《のぞ》き見をしたのかという批難が込められているようで、気後れした。

「見ました」

はっきり顔を上げた。

「仙石とか申す、松林さんの用人も見たのやな」

念押しするような八坂の物言いである。

「はい」

誤魔化してもしょうがない。

八坂は軽くうなずいた。会話のきっかけが摑めたような気がした。

「神君家康公が八坂中納言さまを証人とし、武芝と山村に領知の保証をした。そこには朝鮮戦役がからみ、神君家康公の表沙汰にはできない大事が秘められておったようです」

「そうやな」

八坂はさばさばとした様子だ。

「そんな大事な巻物を奪い返すことができず、まことに申し訳ございません」

額を畳にこすりつけた。

頭上で八坂の息遣いが聞こえる。それは切迫したようであり、重苦しくもなるまことに居心地の悪い時の流れである。顔を上げることができない。すると、八坂は大きく息を吸い込んだ。それから、

「ご苦労やったな」

と、かけてきた声は思いの他、優しいものだった。ほっとしたというよりははっとして顔を上げる。八坂と目が合った。

「ようやってくれた。心配せんかてええ。巻物はちゃんと手元にある」

「……では、あの巻物は」

「贋物《にせもの》やがな」

けろっと八坂は答える。唖然《あぜん》とする涼之進に、

「あないな所にほんまもんを持って行くわけないやろ」

「それはそうですが。では、あの中味というのも出鱈目《でたらめ》ということでしょうか」

「いや、書いてあることはほんまや」

本物は隠してあるという。

そこへ、

「沢村、ようやったな」

と、涼やかな声がした。

襖《ふすま》が開き現れたのは白小袖《しろこそで》に紅の打袴《うちばかま》、それに小袿《こうちき》を重ね、髪は大すべらかしに結っている房江である。武家姿とは一転、まさしく公家《くげ》の姫だ。出歩くことが多いため浅黒く日には焼けているが、薄く頬紅を塗った面差しは、たおやかな女らしさと高貴な血を受け継いだ品の良さが漂っている。瞳《ひとみ》は星のように輝き、侵しがたい威厳をはらんでいた。

「伊賀守殿によしなに伝えてたもれ」

声までもが雅《みやび》に聞こえた。

「確かに」

両手をつくと頭上で、

「わらわは指一本触れさせなんだ。もし、大山めが、わが身体を穢《けが》すようやったら迷うことなく舌を嚙《か》んだ。この身、伊賀守殿に捧《ささ》げるぞえ」

涼之進は平伏しながら房江の言葉に嘘《うそ》はないことを確信した。

「そうや。大山らを京都町奉行所が追ってるのやが、行方知れずや」

八坂が言った。

「岡田屋菊次郎はいかがなりましたか。あの者、大山たちと繋《つな》がっていたのではございませんか」

「あやつは阿片《アヘン》を扱ってはおったが、大山らとは繋がっておらんかったいうことや。この屋敷から出るとき疝気《せんき》を起こしたのは、ほんまやったらしいわ」

八坂はおかしそうに笑った。

巻物は無事。そして、房江が無事だったことがありがたい。そう思えるほど、房江は政直の正室となるにふさわしいと涼之進には思えた。

亜紀はできた女だ。側室として自分の分をわきまえ、房江ともうまくやっていくだろう。

それにしても有田浪人大山源太郎とその一党。これからどうする。このまま引っ込んではいまい。もう一騒動起こすのではないか。

その時は再び自分も大きく関わる。そんな予感で涼之進の胸ははちきれんばかりになった。

第三章　寒雷の決闘

一

涼之進が江戸に戻ったのは師走《しわす》の十五日の昼下がりである。江戸も一段と寒さが増し、厳寒の装《よそお》いとなっている。空はどんよりと曇り、澱《おり》のように体内に残っている旅の疲れを少しも癒《いや》してはくれない。

そうは言っても報告が待っている。政直《まさなお》に報告をすませない内は、役目は終わらない。藩邸内の自宅に向かう。涼之進の家は築地塀《ついじべい》に沿って建ち並ぶ二階建の武家長屋にある。腰高障子を開けると、ひんやりとした空気が淀《よど》んでいて、独り身の侘《わび》しさを思い知らされた。土間の隅にあるへっついの種火を起こし、鍋《なべ》に湯を沸かす。埃《ほこり》に塗《まみ》れた衣服を脱ぎ、下帯も外して全裸となった。身を震わせながらへっついの側《そば》に行く。

身を屈《かが》めて暖を取り、湯が沸いたところで鍋から盥《たらい》に注いだ。足を入れる。風呂《ふろ》に入りたいところだが、湯船に身を浸すと寝入ってしまいそうだ。とりあえず、身ぎれいにして政直の御前に伺候《しこう》しよう。

「ううっ」

思わず喜びの声を漏らす。尻《しり》を落とし、手拭《てぬぐい》でごしごしと首筋を拭う。川崎宿から七里余りを歩いて来ただけだが、垢《あか》がこびりついている。湯で顔を洗うと髪や無精髭《ひげ》に付着した砂や小石が指に絡《から》みついた。全身をこすりあげ、旅の垢を落とし、真新しい下帯を身に着けると気持ちがすっきりとした。

紺地の熨斗目《のしめ》に麻裃《あさかみしも》を着て扇子を手にした。髷《まげ》を結い直し、髭を入念に剃《そ》ってから長屋を出る。

御殿に入ると書院で待ち受ける政直に報告をすべく伺候した。江戸に帰る途中、文をしたため、京都でのことは知らせてはあったが、やはり、面と向かっての報告は欠かせない。ましてや、今回は政直の密命を受けての京都行きである

書院に顔を出すと政直の他、江戸家老鬼頭内蔵助《くらのすけ》もいた。涼之進の顔を見ると、まずはねぎらいの言葉をかけられ挨拶《あいさつ》を交わす。

「文を読んだ」

政直がまずそう言った。

何から報告すべきか。八坂中納言《ちゅうなごん》家の秘事についてか、久谷九十郎と阿片《アヘン》の繋《つな》がりについてか、それとも、武芝家の秘事か、いや、それよりも何よりも房江《ふさえ》について話さなければならないだろう。房江のことについては文では濁しておいた。武家の扮装《ふんそう》をしたり、大山たちに拉致《らち》されたりといったことは知らせてはいない。活発で明朗な姫とだけしか記さなかった。

そうだ。房江についてまずは報告をしよう。

「姫さまにお会いしました」

政直が無表情であるのに対し、鬼頭は敏感に反応した。

「どのような姫さまであられた」

身を乗り出さんばかりの鬼頭にどう答えたらいいか、頭の中で整理をする。鬼頭は焦《じ》れたように、

「美人か」

と、問いかけてきたが、政直が冷めた表情でいることに気がつき、あわてて口をつぐんだ。

「それは、見目麗《うるわ》しき姫さまでございます」

「そうか」

頬を緩める鬼頭だが政直は関心なさそうだ。元々、この縁談に乗り気ではなかった。それだけに、さほど房江について興味は抱いていないのだろう。あくまで、正室は正室として迎えるが愛情を交わすことは考えていないのかもしれない。都での房江の行状を隠し通すこともあるまい。第一、政直は取り繕った報告を許さない。

「明朗にして活発な姫さまです。お一人で京都市中を出歩かれます」

鬼頭の顔が曇った。

「武家の扮装などもなさっておられることもございます」

「なんと」

鬼頭は目を白黒させたが、政直の瞳《ひとみ》がきらりと光るのがわかった。房江の活発さに好奇心を抱いたようだ。

「こうお聞きになりますと、ずいぶんとお転婆《てんば》な姫さまと思われるかもしれません。お転婆はお転婆ですが、なんと申しましょうか。房江さまには春風のような温かみと朗らかさを感じます」

「で、あるか」

政直は好意的に受け止めたようである。対照的に鬼頭は渋い顔になったが、

「お輿《こし》入れが楽しみでございます」

と、政直に向いた。内心では、房江が江戸で身勝手に振る舞い、自分たちが振り回されるのではないかと危惧《きぐ》を抱いたようだ。

「房江殿のことはわかった。八坂家と当家のことであるが」

政直が話題を変えた。

たちまち緊張が走った。婚儀という華やいだ空気から風向きが変わり、ぴんとした糸が張りつめられた。

「文で記しましたように、八坂家には神君家康公が作成された熊野《くまの》権現《ごんげん》の起請文《きしょうもん》と経緯を述べた添え状が巻物となって所持されております。そこには、武芝家と山村家の領知を未来永劫《えいごう》保証することが約束されておりました」

巻物の内容をここで改めて話した。政直は表情を消して聞いた後、

「鬼頭、それで間違いはないか」

鬼頭は困ったような顔をした。涼之進が京都に旅立つ時、政直から八坂家と武芝家の秘事について探れと命令されたのを、鬼頭は知らされていなかった。涼之進の文によって政直の意図を知ったのだろうが、鬼頭にしてみれば驚きに違いない。

「そのような文書があることは、聞き及んでおりました」

鬼頭の額には脂汗《あぶらあせ》が滲《にじ》んでいる。言葉足らずと思ったのか、

「殿がお国入りをなさってから、お話しするつもりでございました」

政直は怒ることはなく、

「別に責めてはおらん。御家の秘事だ。その方らが代々に渡って守り通してきたのであろう。慎重に対処して当然のこと」

「まこと、申し訳ありません」

鬼頭は平伏する。

「よい、下がれ」

政直が命ずると涼之進も腰を浮かす。ところが、政直から、

「涼之進は残れ」

と、言われ浮かした腰を落ち着けた。鬼頭は心残りな表情だ。自分のいない所でどんな話がされるのだろうという危惧を抱いているのだろうが、政直に逆らうことはできず、書院から出て行った。

「他に報告したいことがあろう。房江殿についてじゃ」

政直は切れ長の目を向けてきた。

「いえ」

口ごもったが政直の目は誤魔化せない。房江のことを報告する際、少しばかりの躊躇《ためら》いが生じたことを政直は見逃していない。政直の胸の中に小波ですら立ててはならない。わずかの猜疑心《さいぎしん》でも時が経てば大きくなり、ある日突然爆発するということはよくあることだ。

「房江姫さま、実に活発。活発ゆえに、こうしたことがありました」

有田浪人大山源太郎一党にさらわれた一件を話した。政直の目元がぴくぴくと動いた。

「ですが、決して、姫さまのお身体《からだ》に危害が加わることはございませんでした。この涼之進が命に賭《か》けて申し上げます」

自分でも顔が真っ赤になっているのがわかる。政直の目に射すくめられていたが、やがて政直が、

「わかった。そう熱くなるな。涼之進の言葉、信用する」

そのことで騒ぐ気はないと言い添えた。それどころか、そんな冒険をする房江に益々《ますます》興味を抱いたようだ。

「面白そうな姫であるな」

「それはもう」

思わず相槌《あいづち》を打った。

「涼之進、大儀じゃ」

後日褒美《ほうび》を取らすと上機嫌で言う政直であったが、話題を巻物に戻した。

「では、その巻物がある限り、武芝は安泰ということか」

「八坂中納言さまはそのように申されました」

「しかし、山村家は取り潰《つぶ》された」

「それは松林さまが強行なされたのでございます。ですから、松林さまは、そのことの失点を思い、武芝も改易させたいと思っておられるのではございませんか」

「そうかもしれぬな。とすれば、まだまだ、油断はできん。二百二十年も昔の巻物に武芝の家の命運を預けるわけにはいかん。たかだか、紙切れに三万石が背負えるものか」

いかにも政直らしい明快な物言いである。

「御意にございます」

涼之進も力強く答えた。

政直は書院から出て行った。

報告を終えるとほっと安堵《あんど》し、今回の役目がこれで終わったと実感できた。

長屋へと足を向けた。

途中、すれ違う者たちと挨拶《あいさつ》を交わしながら自分の家へと足を向ける。長屋の前で蔵番頭《くらばんがしら》の佐々木金之助《きんのすけ》が待っていた。

「沢村さん、お帰りなさい」

快活に挨拶をする佐々木に好感が持てる。

「芋を煮込みましたよ」

さっそくそう声をかけてくれた。

「ありがたい。腹ぺこだ」

言いながら佐々木の家の中へと足を踏み入れた。すると、台所に女が一人いる。手拭《てぬぐい》を姉さん被《かぶ》りにして、里芋の皮をむいていた。涼之進の視線に気がついた佐々木が、

「お紺といいます。今月から当屋敷に女中奉公に上がったのです」

と、蔵番付の女中になったのだという。お紺は振り返って涼之進にぺこりと頭を下げた。色の浅黒い、小柄な女である。目がくりくりとし、歳《とし》の頃、十八、九であろうか。美人ではないが愛嬌《あいきょう》のある、素直そうな娘だ。

「よく、働いてくれます」

佐々木は耳元で言った。佐々木の長屋の台所仕事なども進んでやってくれ、大量にこさえた惣菜《そうざい》を長屋に住む連中に配ったりしているそうだ。

「これ、みなさまのところへ、持っていきますね」

蔵番勤務の侍たちに大皿に盛りつけた里芋の煮つけを持って行くとお紺は出て行った。

「頼む」

佐々木も明るく言う。お紺がいなくなったところで、

「よき娘だな」

「そうなんですよ」

言いながら佐々木が里芋の煮つけを小皿に盛ってくれた。

「そうだ。これ」

と、懐中から京都土産を取り出した。手鏡である。

「ありがとうございます」

佐々木は顔中に笑みを広げて受け取ってくれた。そこまで喜んでくれるとこっちまでうれしくなる。

「都はいかがでした」

「まあ、楽しかったよ」

そんなことはなかったのだが、そんな風にしか言えない。

二

甘辛く煮られた里芋は柔らかでどこか懐《なつ》かしい味がした。里芋を肴《さかな》に、佐々木と酒を酌《く》み交わすと身も心も和んでゆく。この人のいい男とは腹の探り合いをすることはない。何のこともない世間話や、旅の土産話をしている内に心地よく酔うことができた。

明日は非番である。今宵はくつろごう。

明くる十六日の朝、京都で買い求めた土産を持ち神田鍛冶《かじ》町一丁目にある樋川源信《ひかわげんしん》の道場に行こうと思った。もちろん、土産は美鈴《みすず》に渡す。長屋を出たところで、奥女中が一人涼之進に近づいて来た。

「沢村さま、お方さまが」

亜紀が涼之進を呼んでいるという。きっと、房江のことを聞きたいに違いない。わかったと返事をすると、奥女中の案内で亜紀が待つ御殿の裏手、奥向きの庭にある池の畔《ほとり》まで行った。裃《かみしも》ではなく羽織袴《はかま》の略装であることが気になったが、亜紀が急いでいるようなので着替えることなく向かうことにした。

瓢簞《ひょうたん》の形をした池にはうっすらと氷が張っている。氷が透けて朱色をした鯉《こい》の鱗《うろこ》が見えた。

池の畔にある東屋《あずまや》で亜紀は待っていた。友禅染めの打掛振袖《ふりそで》を身にまとった亜紀は京都へ行く前よりも色香がまし、何よりも側室としての威厳のようなものを漂わせていた。

「ご苦労さまでしたね」

柔らかな笑みを送ってくれたが、その瞳の奥には探るような煌《きら》めきが見て取れる。

「しばらくでございます。このような場所、お寒うございましょう」

「大丈夫です。今朝は日輪が顔を出しておりますから」

なるほど冬晴れの朝である。風もなく、陽光を浴びているといい具合に温まることができる。亜紀は涼之進を東屋に招き入れようとした。遠慮を示す涼之進に、「いいですから」と有無を言わせない。内密で話したいに違いない。

東屋に入り、亜紀の向かいに設けられた腰掛に座る。聞きたいことは房江のことに違いない。

「房江姫でございますが」

と、切り出したところで、

「殿から聞きました。大変に活発な姫さまだそうですね」

亜紀の物言いはさっぱりとしたものだが、いつもよりも早口になっていることが、時心の動揺を示しているようだ。涼之進とて否定するわけにはいかない。都で会った時の様子、武家姿で市中を出歩く様子を報告した。さすがに、大山一党にさらわれたことは黙っていた。亜紀は感心したようにうなずいていたが、

「殿のお心を惹《ひ》かれるお方なのでしょうね」

と、しんみりと言った。

「わたしにはよくわかりませんが」

いかにも取り繕ってしまった。

「それは慰めですか」

思いもかけない亜紀の言葉である。亜紀は聡明《そうめい》で気丈な女だ。そんな弱音とも取れる言葉が聞かれるなどとは到底信じられなかったが、それだけ亜紀の苦悩が知れた。

「ご心配なのですか」

「不遜《ふそん》な女と思っているでしょうね。武芝家の家来の娘が都のお公家《くげ》さまの姫君に悋《りん》気《き》するなどとは、とてものこと、馬鹿《ばか》気《げ》たものはありませんよね」

「そんなことはありません」

強く言う。

「沢村殿は慰めてくださるでしょうが」

「実際にお会いになっていないのですよ」

「ですが、話を聞いただけで殿好みのお方。きっと、ご寵愛《ちょうあい》を受けることでしょう」

この聡明な亜紀にしても悋気というものが起きるのだとは意外である。側室としての自分の立場に焦《あせ》っているのだろうか。

「殿は決して亜紀さまをお見捨てにはなりません」

ついむきになってしまう。

「わかっております。悋気など起こしては奥向きに影響します。奥向きに争い事が起きたとなれば、殿に申し訳ございませんし、武芝の御家にも禍《わざわい》をもたらすことになりましょう」

いかにも自分を抑えているかのような亜紀の言動である。

「あまり、ご心配になる事はないと思います。亜紀さまはこれまで通りの亜紀さまままでいらしてください。さすれば、殿もこれまでと同じくご寵愛を抱き続けること間違いなしでございます」

「あなたはお優しいですね」

亜紀の微笑はこれまでに見たこともない寂しさが漂っていた。それを見ると胸が痛んだ。房江に好感を抱き、政直の正室にふさわしいと思った自分が恨めしい。実にいい加減な男だと責めもする。

「亜紀さま、どうか心丈夫になさってください」

「ありがとう」

亜紀はすっくと立ち上がった。

一旦《いったん》、辞去しようとしたがどうにも気になって仕方がない。

「心配いりませんよ。沢村殿、今日は非番でしょう。旅の疲れを癒《いや》してください」

「ありがとうございます」

涼之進が礼を述べると亜紀はゆっくりと歩き去った。その背中には無言の寂寥感《せきりょうかん》が漂っている。房江に好感を抱いたことの罪悪感にさいなまれた。房江と会って、房江という姫君の魅力を感じとり、自分はいつのまにか房江贔屓《びいき》になってしまったのかもしれない。とすれば、亜紀には気の毒なことだ。

この先、亜紀はどうするのだろう。亜紀のことだから、側室としての分をわきまえた行動をとるに違いないが、その亜紀ですら悋気を起こしているのだ。

男と女というものはつくづく難しいものだ。

神田鍛冶町一丁目、中西派一刀流樋川源信道場。武者窓の隙間《すきま》から激しく竹刀《しない》を打ち合う音が耳に入る。それを聞いただけで涼之進の胸が躍る。仙石誠之助と知り合ったのもこの道場だった。

道場の玄関に入り、玄関脇《わき》の板戸を開けると支度部屋に入った。六畳の座敷は一切の装飾がない殺風景な空間である。畳の縁は擦り切れ、火鉢一つ置いていないため、寒さが籠《こも》り、底冷えが素足から伝わってくる。だが、その居心地の悪さがかえって緊張を高め、稽古《けいこ》への意欲をかきたててくれた。預けてある紺の胴着と面、胴、籠手《こて》といった防具を素早く身にまとう。

竹刀を持ち稽古場に出ると見所に座った樋川源信がこちらに視線を向けてきた。相変わらずの鋭い眼光だ。思わず射すくめられそうになり、反射的に頭を下げる。源信は腕組みをして道場内を見渡した。久々の稽古である。思う存分打ち合いたい。己を鼓舞し、手当り次第に門人たちに声をかけて相手になってもらった。涼之進の張り切りようは凄《すさ》まじく、半時も竹刀を打ち合うと次第に門人たちの注目を浴びるようになり、いつの間にか、涼之進の周りに人垣ができるまでになった。

夕暮れ、稽古を終えると庭の井戸端で汗を拭った。胴着を諸肌脱《もろはだぬ》ぎにし、水に濡《ぬ》らした手拭で身体を拭《ふ》く。

「湯気が立ってますよ」

背後で声がした。

胸が弾んだ。

振り返るまでもなく美鈴とわかる。

「久しぶりの稽古でしたので、つい、力が入ってしまいました」

振り向くと美鈴の笑顔が目に沁《し》みた。真冬に咲く寒菊といったらいいか、その笑みは匂《にお》い立つようだ。紫地に花鳥の裾《すそ》模様を施した小袖《こそで》に身を包み、紅色の帯を締めている。歳は二十歳。背は高くはないがすらりとして、目鼻立ちが整っている。唇には薄く紅が引かれ、不似合いな力強い眼差《まなざ》しが気の強さを窺《うかが》わせはするが、甘酸《あまず》っぱい香りに包まれた美鈴にどんな女にも感じない魅力を抱く。

「都からいつお戻りになったのですか」

「昨日です」

「では、早速来てくださったのですか」

「ええ、腕がなまってはいけませんので」

美鈴会いたさにやって来たとは言えない。

「父が寂しがっておりましたよ」

「先生が……」

「父は沢村さまが好きなのです」

あなたはどうなのですかという気持ちを飲み込んだ。

「まさか……。おいより、誠之助の方が腕は上じゃなかですか」

動揺の余り、お国訛《なま》りが口をついて出た。

「父は沢村さまのお人柄が好きなのですよ。今時珍しい一本気な男だと、いつかお酒を飲みながら言っていました」

一本気。つまり、単純ということだ。自分でも単純とは思うが、世の中に珍しくはないだろう。すると、美鈴は涼之進の心の内を見透かしたように、

「近頃は道場に通うのは、剣の腕を磨く、剣によって武士としての修練を積む、というより、己《おの》が栄達や仕官の道具としか考えていない者ばかりだと、嘆いておりました」

源信の言葉だが、美鈴も同じ思いなのだろう。顔が曇っている。

「そんなにもですか」

「仙石さまが通っておられますから」

「誠之助が……」

つまり、老中松林備前守《びぜんのかみ》に好《よしみ》を通じ、仕官をしたり、己が出世に役立てようという魂胆なのだろう。評判の町道場というのは全国から門人が集まる。様々な大名家との交流ができ、情報交換の場に使う者もいる。古武士然とした気性の源信からすれば、気持ちのいいものではないに違いない。

「すみません。不愉快なことお聞かせしてしまって」

美鈴は涼之進が諸肌脱ぎのままであることに気がつき、早く胴着を着るよう勧めた。

涼之進は胴着を着るや、

「ああ、そうだ。ちょっと、待っていてください。土産がありますので」

美鈴の返事を待たず、支度部屋に取って返した。

「そんなお急ぎにならなくても」

美鈴の声を背中に、大急ぎで着替えて戻って来た。

「これ、先生に」

伏見の造り酒屋で買い求めた酒の切手である。江戸の酒問屋に持っていけば、清酒と交換してくれる。

「父が喜びます」

美鈴は気持ちよく受け取ってくれた。

「それから」

と、いかにもついでのように、懐中を探ると、袱紗《ふくさ》に包んだ簪《かんざし》を取り出した。銀を施した金具に菊の花を彫った平打の簪である。

「まあ、きれい」

美鈴は簪を受け取ると、しげしげと眺める。その瞳《ひとみ》はきらきらと輝き、少女のような清澄さをたたえていた。それから、島田に結った髪に差すと簪に生命が吹き込まれたようだ。息を飲みしばし見とれてから、

「お似合いだと思います」

そう言うと、踵《きびす》を返した。

日輪が雲に隠れ、風が強まったが胸は温かくなった。

三

藩邸に戻ると佐々木金之助の長屋に顔を出した。途中、新川の酒問屋扇屋に自分のために買い求めた酒切手を持参し、酒にかえた。五合徳利二本に詰めてもらい、それを提げ、戻ってきた。佐々木に示すと佐々木も頰を緩ませた。

「大根の膾《なます》を作ってみました」

佐々木は例によって料理の腕を振るってくれたようだ。六畳間で小鉢に盛られた大根の膾を味わう。大根ばかりか、人参《にんじん》、揚げ麩《ふ》、きくらげ、根生姜《ねしょうが》、柿《かき》、柚子《ゆず》、芹《せり》が加えてある膾は冷たくはなく、温かかった。

「美味《うま》か。酒によう合うたい」

膾のほどよい温もりとしゃきしゃきとした食感、それに甘酸っぱさが絶妙に酒と合う。これなら、いくらでも飲めそうだ。五合徳利を二本提げてきてよかったと思った。

「おまえも、飲め」

「ほどほどにしておきます」

佐々木は背筋を伸ばしたまま答える。

「どうした。もう、役目は終わっただろう」

「蔵番で夜回りをすることになったのです」

涼之進も湯呑《ゆのみ》を畳に置いた。どうしてだという無言の問いかけを行う。

「このところ、大名屋敷を狙《ねら》う盗人《ぬすっと》が横行しておるのです」

佐々木によると、大名屋敷に狙いをつけた盗人が藩邸に忍び込んでいるという。

「そら、物騒だな。しかし、大名家の藩邸を狙うとはずいぶんと豪胆な連中だな」

「そうでもないんですよ」

佐々木はかぶりを振る。涼之進の疑問を受け止めた佐々木によると、大名屋敷というのは意外と警戒が手薄だという。あまりに厳重にすると、幕府から謀反《むほん》を企《たくら》んでいると、いらぬ勘繰りをされるからというのがその理由で、

「しかも、盗みに入られてもそのことを町奉行所に届けるわけにもいきません。御家の名誉にかかわりますからな」

「盗人に入られたとあればその御家の恥というものだものな。そうした点に目をつける盗人どもも、おるということか」

「そういうことで。厄介な連中です。特に師走《しわす》は何かと金子《きんす》や物が動きますので、しかと、警護にあたろうということになったのです」

留守居役浜田勘三郎《かんざぶろう》が留守居役組合で盗人から藩邸を守ることを確認しあったという。各大名家の留守居役は様々な横の連絡網を張り巡らしている。特に藩主が江戸城中における控の間が同じ大名家同士で造る組合が有力だ。武芝家は十万石未満の外様大名が詰める柳の間詰のため、柳の間詰の大名家で造っている組合で浜田は頻繁に会合を持っていた。

「それはご苦労なことだ」

なんだか自分一人で飲むことに罪悪感を覚えた。

「よし、おいも夜回りするたい」

「そんなことは必要ありません」

佐々木はあわてて五合徳利を持ち涼之進の酌をした。

「遠慮はいらん」

「遠慮ではありません。留守居役補佐、殿の御用人が蔵番などなさったら、我らの立つ瀬がありませんので」

佐々木は申し訳なさそうな顔だ。それはそうだろう。出過ぎた真似《まね》はすべきではない。佐々木の申し出を受け止めたところで、

「すみません」

と、門番が顔を出した。

「どうした」

佐々木が顔を向けると涼之進に来客だという。今時分誰だ、といぶかしむと門番は仙石誠之助だと告げた。

「誠之助が」

首を捻《ひね》りながらもここに通してくれと答えた。それをきっかけに佐々木は腰を上げた。

「へっついの鍋《なべ》に南京粥《ナンキンがゆ》が用意してありますから、召し上がってください」

言ってからお紺がこさえてくれたのだと佐々木は頬を赤らめながら言い足した。どうやら、お紺に淡い気持ちを抱いているようだ。佐々木と入れ違いに誠之助が入って来た。

「夜分すまぬな」

誠之助は一応の断りを入れる。

「まだ、宵の口だ。どうだ、一杯やらんか」

断るだろうと思ったが意外にも誠之助は冷えるからなと応じた。湯呑を満たして一口飲んでから、

「殿が襲われた」

と、言った。

湯飲みを口に運んだ涼之進の手が止まった。

「備前守さまが……。何者にだ」

「わからん。下城の途中、駕籠《かご》に短筒《たんづつ》を撃ち込まれた」

なんと大胆な。

大名行列は時として大勢の見物人で溢《あふ》れかえる。武鑑片手に、行列の旗指物や馬印を見て、どこそこの大名だと言い合うのが江戸っ子の楽しみだ。松林は桜田門を出て間もなく、見物人の中から短筒を撃ち込まれたのだという。

「今、南北町奉行所が下手人を追っておるところだ」

「下手人に心当たりはないのか」

「老中職というものは、様々な恨みを買うものだ」

誠之助はここで言葉を止めた。それから窺《うかが》うような目をする。

「ひょっとして、有田浪人どもか」

「十分に考えられるとは思わぬか」

確かに大山源太郎率いる有田浪人たちには松林を襲撃する動機はある。松林は主家を改易に追い込んだ憎い仇《かたき》である。

「だが、老中松林さまのお命を奪ったとして、恨みを晴らすことはできても、御家再興にはならない。それどころか、御家再興は夢と成り果てるだろう」

実際そうだ。松林を殺したとしても私憤を晴らすことにしかならないのである。

「確かにそうだ。しかしな、御家再興の切り札である八坂中納言さまご所有の巻物を手に入れそこなったからには、大山たち、夢を断たれたと思い、あとは恨みを晴らすことに気持ちを集中させたとしても無理はないと思うがな」

誠之助は淡々と述べた。

「考えられなくはない。しかし、そこまでするだろうか」

「大山らは京都町奉行所の追っ手を逃れた。江戸に来たとしても不思議はない」

「それはそうだが」

涼之進は唇を嚙《か》んだ。

「おまえ、何か心当たりはないか」

「あるはずがない」

「いや、巻物についてだ。鞍馬《くらま》の一件の後、八坂中納言さまの御屋敷に戻ったであろう」

「それはそうだ」

「ならば、その時、巻物について八坂中納言さまから何か聞かなかったのか」

本物は大事に保管してあるとは言わない。

「いや、別に」

言いながらつい視線をそむけてしまった。途端に誠之助がにやりと笑う。

「何か聞いたのだな」

「聞いておらん」

ついむきになってしまう。

「おまえ、嘘《うそ》は下手だな」

誠之助は小馬鹿《こばか》にしたように笑った。

「それが訪問目的か」

巻物の有無を確かめたいに違いない。誠之助は小さくため息を吐《つ》くと、

「おれは、鞍馬川に流れた巻物は贋物《にせもの》だと思う」

どきりとした。さすがは誠之助だ。核心をずばりと突いてくる。

「思うのは勝手だ」

すると誠之助は涼之進の言葉など耳から素通りとばかりに言葉を続けた。

「まだあの巻物はある。巻物は禍《わざわい》を及ぼすぞ」

「どういう意味だ」

「それを狙う者が出てくるということだ」

「大山たちか」

「大山たちばかりではない」

誠之助が顔を歪《ゆが》ませたのは、もう少し頭を使えということが言いたいようだ。涼之進が黙っていると、

「あれを手に入れれば、幕閣を揺さぶることができるのだぞ」

それはそうだろう。幕府にとっては表沙汰《おもてざた》にはできない巻物である。

「だが、あの巻物の存在を知っている者は限られているぞ。武芝家だって、殿ですらご存知なかったのだ。大山たちが漏らすことは考えられるが」

「ともかく、巻物に用心しろ」

「用心と言ってもここにはない」

「まことか」

誠之助は疑わしい目つきである。

「おまえと見たではないか。巻物は鞍馬川の激流に呑まれてしまった」

「だから、あれは贋物。本物はおまえが江戸に持ち帰ったのではないか」

「疑り深いな、おまえという男は」

「そうでなければ、老中の用人は務まらぬ」

「それは結構なことだが、ないものはない」

突っぱねるように言う。

「それにしては警護が厳重ではないか。藩邸内に篝火《かがりび》を焚《た》き、幾人もの家臣が夜回りをしておる。大事な宝を守るかのようだ」

こいつ、勘違いしているな。思わず笑みがこぼれてしまった。

「なんだ」

誠之助の目が尖《とが》る。

「我らが京の都におった間、江戸では大名屋敷を荒らす盗人どもが横行しておるのだ。警戒はそれへの備え」

「そういえば、そんなことを耳にしたな」

まだ疑いを解いていない誠之助であったが、それ以上は突っ込んでこなかった。

「まあ、南京粥でも食べろ」

涼之進は土間に下り、へっついに掛けてある鍋の蓋《ふた》を取った。南京粥の湯気に包まれる。細かく刻んだかぼちゃと小豆が白米と一緒に塩味で煮込まれている。真っ白な飯にかぼちゃと小豆の彩《いろど》りが目に鮮やかである。お玉で茶碗《ちゃわん》によそい誠之助に持って行った。

「食べろ。温まるぞ」

まずは自分が食した。やや、塩気が効いているのは濃い目の味付けを好む涼之進に合わせて佐々木がお紺に作らせたからだ。塩気が多い分、かぼちゃと小豆の甘さが際《きわ》立《だ》っている。

憮然《ぶぜん》としていた誠之助も美味いと言いながら食し、食べ終えると早々に帰って行った。

四

それにしても、松林が狙われるとは。下手人は大山たちだろうか。

胸にもやもやを抱きながらも南京粥をすすった。やはり、美味いものは美味い。

明くる十七日、江戸中に老中松林が襲撃されたことが伝わっていた。涼之進は藩邸の長屋にあって書類を作成している。鬼頭内蔵助から都出張のことをきちんと書面にせよとの命令が出たのだ。文と報告で十分ではないかという不満が鎌首《かまくび》をもたげてきたのだが、きちんと書面に残すのが役目、それが終わって初めて出張の役目が終わると言われれば従わないわけにはいかない。

長屋の六畳間で文机に向かっていると、勘定方の青木助次郎がやって来た。

「沢村殿、旅費の精算をしてくださいよ」

「ああ」

生返事を返すと、

「頼みますよ。金二十両もの金を渡しているのですからね」

やかましく言う青木に、

「わかった、わかった」

と、繰り返しても青木は立ち去ろうとしない。

「どうした」

さすがに気になった。青木は顔を曇らせながら、

「台所は苦しいのですよ」

「わかっているさ」

実際、涼之進とて経費削減に動いたこともあった。武芝家に限らず大名家の台所は楽ではない。

「それに、近頃では小銭の計算が合わなくて……。勘定方にある銭函《ぜにばこ》の中味です」

「そうなのか」

「だいたい、一朱か多くても二朱くらいなんですがね」

一朱は一六分の一両。銭にすれば二百五十文。二八蕎麦《そば》と言われる屋台の蕎麦が十六文。湯銭が十文。現代の金にして一文二十五円とすると、六千二百五十円といったところだ。個人からすればおろそかにはできない金だが、藩邸の台所となるとそう大きな金額ではない。それとも、一朱すらに目くじらを立てねばならないほど困窮しているのだろうか。

「いや、たとえ、一文でも金の出入りが合わないとなると、困ります。一文でもきちんと合わなければ」

青木の生真面目《きまじめ》さは賞賛に値するが、勘定方たる者そうでなければならないのだろう。目に隈《くま》を作っていることから、その苦労がわかる。

「それに、塵《ちり》も積もれば山となる、ですからな」

「それは、ご苦労なことです」

きちんと正座をして青木の労をねぎらった。

「口やかましいようで申しわけござらんが、何分にもよろしくお願い申し上げます」

「わかった。すぐにでも」

と、応じた。

青木が出て行ってから紙入れを取り出す。旅費の残りが五両ばかりあった。使途については帳面に記してある。指に唾《つば》を付けて捲《めく》りながら、精算をしようと思い立った。ふと腹が減る。台所のへっついに昨晩の南京粥の残りがある。そう言えば、今朝から何も食べていない。そろそろ腹の虫が悲鳴を上げているところだ。

部屋を出て土間に下りる。へっついにかけてある鍋の蓋を開ける。一日置くと、出汁《だし》が染《し》みわたってかえって美味くなると佐々木は言っていた。火をつけようとへっついに屈《かが》む。種火を探しているとふと背後で何かが動くのがわかった。振り返ると見知らぬ男が部屋から出て来る。手には紙入れを持っていた。男は涼之進と目が合うとさっと踵《きびす》を返す。

「盗人《ぬすっと》め」

叫びながら男を追った。

あれが大名屋敷を荒らしているという盗人か。そう思いながら追いかける。男は長屋を飛び出すと、塀際《へいぎわ》にある松の木に飛びついた。

「待て」

と、言ってから気がついた。待てと呼び止めて待った盗人はいない。捕まえるしかないのだ。涼之進も松の枝に飛びすがる。そこへやって来たのは佐々木である。

「どうしました」

そのあまりにのんびりとした物言いには腹が立つが、そんなことにはかまっていられない。

「やったるたい！」

そう言い置いて松の枝を辿《たど》り、築地塀を乗り越えた。往来に飛び下りると盗人の背中が見えた。

「よし」

絶対に捕まえるのだという固い決意の下に追いかける。盗人は八丁堀を越前堀の方へと走る。途中、行商人数人とすれ違う。江戸の町を走ることにすっかり慣れてしまった。盗人は稲妻のように走る。湊稲荷《みなといなり》の近くまでやって来た。その手前に船宿が三軒立ち並んでいる。盗人は大胆にも真ん中の船宿に飛び込んだ。

「馬鹿な奴《やつ》たい」

そう呟《つぶや》くと袷《あわせ》を腕捲《まく》りした。そして、船宿へと飛び込む。すぐに女将《おかみ》が出て来た。

「今、盗人が、あ、いや、男が飛び込んで来たであろう」

荒い息のまま問いかける。太い眉《まゆ》、大きな眼をした侍が汗みどろの顔でそう問いかけるものだから、女将は戸惑うと思いきや、意外にも落ち着いた表情で、

「お二階へどうぞ」

と、階段を見上げた。

自分を客と勘違いしているのではないのかと思いながらも階段を上がろうとした。

冷静な女将に、

「足をすすいでください」

「そげな暇はなか」

足を洗っている間に盗人は逃げてしまう。そんなことをさせてたまるか。ひょっとして、この女、盗人と通じているのかという疑問が脳裏をかすめたが、今は盗人を捕まえることが先決である。女将を無視して階段を駆け上がった。廊下を挟んで右と左に部屋がある。どっちだと迷う暇もなく、左の部屋の襖《ふすま》を開けた。中はがらんとしている。反射的に右の部屋の襖を開ける。

「あっ」

思わず素《す》っ頓狂《とんきょう》な声を漏らしてしまった。

「騒がしい奴よのう」

そこにいたのは土方縫殿助《ひじかたぬいのすけ》である。

「土方さま、どうして、ここに……」

と、問いかけるやいなや、

「ほれ、返すぞ」

と、土方が紙入れを投げて寄こした。そうか。盗人は土方の手の者であったのだ。紙入れを盗ませて自分を誘い込んだというわけだ。

「人騒がせはどちらでございますか」

「まあ、座れ」

土方は目の前の座布団《ざぶとん》を示した。ここまで来たのだ。話くらい聞いてもいい、わざわざこんな手の込んだことまでして、自分と会う魂胆は何だ。土方のことだ。きっと、何か企《たくら》みがあってのことに違いない。座布団に正座をしたところで、

「武芝屋敷、警護が手ぬるいぞ」

土方はニヤリとした。それから、盗人は裏門から厠《かわや》を貸して欲しいと言って入り込んだという。

「近頃、大名屋敷を狙《ねら》った盗人が横行しておる」

「存じております」

つい憤然と返してしまった。

「試してやった。盗人は何も夜ばかりではない。そのことを試してやったのだ。感謝しろ」

いかにも土方らしい押し付けがましさだ。一応礼を言ってから、

「して、わたしをお呼びになられたのは、藩邸警護の手薄さを教えるためでありましたか」

「それもある。が、本題は松林備前守さま襲撃の一件だ」

そんな物騒なことを持ち出しながらも土方は涼しい顔をしている。

「聞いております」

「昨晩、松林の懐《ふところがたな》刀の仙石誠之助が武芝藩邸を訪れたな」

否定はできない。土方のことだ、その情報を得てのことに違いない。

「訪問を受けました。久々に剣の話で盛り上がりました」

「剣な……」

土方が苦笑を漏らしたのは信じていないからだろう。

「誠之助とは神田鍛冶町にある樋川源信先生の道場で腕を競い合っております」

「そういえば、おまえ、京の都に上っておったそうじゃな。仙石もだ。向こうでも会ったのか」

土方はひょっとして武芝家が松林備前守に接近していると警戒しているのかもしれない。

「会いはしました。ですが、特別に勘繰られるようなことはしておりません」

「勘繰りはせぬ。会ったのは、八坂文書のことであろう」

八坂文書があの巻物を差すことは明白である。巻物のことを持ち出されれば恍《とぼ》けるのはかえって土方の不信感を誘う。

「八坂文書というのですか」

「やはりな」

土方は軽いため息を漏らした。

「内容はご存知なのですね」

「おおよそのことはな」

土方の口調は重くなった。

「水野出羽守《でわのかみ》さまもあの巻物に感心があるのですか」

いささか、興味のあるところである。

「あらいでか」

土方の目が光った。

五

黙っていると、

「神君家康公が領知を保証なされた。山村家はそれにも拘《かか》わらず、松林さまによって改易に処された」

「松林さまの落ち度ということになるのでしょうか」

「いや、必ずしもそうではない。八坂文書のことは三年前には知られていなかったのだからな。それが、あるとわかったのは、京都所司代を通じて八坂中納言さまからこんなものがあると知らされてからなのだ。その時は既に山村家は改易に処された後だった。全《すべ》ては後の祭りということだ」

「それで、松林さまの襲撃について、わたしをお呼びになられたのはいかなるわけでございますか」

土方は表情が緩まった。

「おまえ、探れ」

「はあ……」

「松林さま襲撃の下手人を探るのじゃ」

土方はいかにも当然のような顔をしているが、涼之進にとってはまさしく青天の霹《へき》靂《れき》である。そんなこと容易にできるはずはない。この広い江戸で襲撃犯などおいそれと見つけ出せるものではない。それこそ町奉行所の手が必要だろう。第一、何故《なにゆえ》自分が探らねばならないのだ。

「それは、御奉行所が探索を行うものと存じます」

「それはそうだ。わしが探れというのは、松林家の内部のことじゃ」

「はあ……」

またも土方の言っていることはわけがわからない。

「どうして内部など探る必要があるのですか」

「狂言よ」

土方は言葉短に答えた。涼之進は言葉を飲み込む。

「松林さまが、ご自分で襲撃されたかに見せかけたのだということだ」

「まさか、そのような」

一笑に付そうと思ったが土方の目は真剣だ。

「おまえは否定するが、果たしてそれを否定できるものだろうか。松林さまは神君のご遺訓に背いて山村家を改易に処した。いくら知らなかったとはいえ、失態であることに変わりはない。もし、有田浪人どもが神君ご遺訓を盾にして御家再興を求めれば、松林さまとて無傷ではいられない。責めを負わされることはないにしても、老中職を辞することくらいは求められるだろう。ならば」

土方はここで言葉を止めた。

涼之進は土方の言葉を受けて、

「ならば、有田浪人の襲撃とみせかけた狂言を企てた。老中を狙えば、御家再興どころか、天下の謀反《むほん》人となりますからな」

「そういうことじゃ。ご自分の失政も糾弾されることはないということだ」

土方は大きく首を縦に振る。

「しかし、誠之助は……」

つい、言葉が漏れた。

「やはり、仙石は襲撃についておまえと話したのじゃな」

にんまりする土方を恨めし気に見返し、

「誠之助は松林さまを狙ったのは有田浪人の可能性が高いと申しております。まさか、松林さまの狂言などとは到底思えません」

土方は小馬鹿《こばか》にしたように小さな笑みを浮かべた。

「仙石誠之助という男、中々の策士だというではないか。そんな芝居くらい平気でうつことができよう」

言われてみれば確かにそうである。誠之助のことだ。疑えばきりがないが、土方のその一言で松林の狂言説が現実味を帯びてきた。

「しかし、わたしに松林さまを探ることなどできるものではございません」

「そうではあるまい」

土方は首を横に振る。

「どうしてですか」

「仙石とおまえの繋《つな》がりを使えばよかろう。仙石を通じて逆におまえは探りを入れるのだ」

「やれ」

土方は決めつけている。それに、多少の不満と腹立たしさが湧《わ》いてくる。

土方は平然と命じる。

「土方さま、お言葉ではございますが、わたしは武芝家の家臣です。あなたさまに指図される覚えはございません」

きっぱりと断った。

「それはそうだ。だがな、当家は武芝家には貸しがあるぞ」

「貸し……」

「縁談じゃ」

土方が言う縁談とは当然ながら八坂家との婚姻のことである。大名家の縁談は幕府への届け出が必要であり、将軍の認可が絶対である。それを取り計らってくれたのは水野出羽守であった。

「それは確かに」

そう言わざるを得ない。

「であろう」

土方は嵩《かさ》にかかってくる。

「わかりました。やってみます」

「損なことではないぞ。松林さまの力を削《そ》ぐことができるのだからな」

なんだか、政《まつりごと》の裏面を見るのは好きではないし、自分の本意ではないが、留守居役と言う立場を考えれば避けては通れないものである。

「おまえも、一段、飛躍せぬとな」

土方の恩着せがましい物言いはいつものことながらいい気はしない。しかし、誠之助の本音を知りたくもなった。なるほど、松林備前守、己を襲撃させるとはいかにもありそうである。

「わかりました」

涼之進は腰を上げた。

「なんじゃ、飯でも食っていかぬか」

「色々とやることがございますので」

言ったところで腹の虫がぐうと鳴った。土方は笑みを漏らす。

「では」

部屋を出て階段を下りた。女将が頭を下げた。この女も土方の隠密《おんみつ》なのだろうという疑問が脳裏を過《よ》ぎる。しかし、女将はそんなことは微塵《みじん》も表情には出さずにっこり笑って、

「またのお越しをお待ち申し上げております」

と、頭を下げた。

涼之進は無言で船宿を後にした。藩邸へと戻る。

厄介な事を引き受けてしまったものだ。


藩邸に戻ると佐々木が迎えてくれた。

「盗人いかがでした」

そののんびりとした物言いにはいささか腹が立った。そうだ、ここらで気を引き締めさせねば。

「盗人の警戒をしながら、入られるとは何事だ」

強く言う。

「それはその、申し訳ございません」

佐々木は気の毒になるくらいに詫《わ》び言を並べた。いささか、言い過ぎてしまったと思いながら、

「盗人が入るのは夜と決まったわけではない」

「今回のことで、そのこと、よくわかりました」

佐々木は頭を掻《か》いた。

「ま、気をつけてくれ」

言ったところで、

「鬼頭さまが探しておられました」

と、佐々木に言われた。

「なんだろうな」

「早く、報告書を出せとのことでした」

痛い所を突かれたものである。そうだ。報告書もまだだし、旅費の精算もしていなかった。いかん、いかんと反省をしてとりあえず長屋に戻った。

さて、と文机に向かった。なんだか気分がそがれてしまった。そうだ。腹も空《す》いたのだ。南京粥《ナンキンがゆ》の残りを食べようと土間のへっついに向かった。腹の虫が再び鳴いた。

へっついの前に立って鍋《なべ》の蓋《ふた》を開ける。

「あれ」

情けない声を漏らしてしまった。南京粥はきれいに食べてあった。

佐々木か。

と、思い佐々木の家を覗《のぞ》く。食い物の恨みは深いのだと思ったが、元はといえば佐々木に作ってもらったものだと思い直した。鍋を持って佐々木の家を覗く。

「どうです。美味《うま》かったですか」

と、佐々木は空の鍋を受け取った。空であることを確かめた佐々木が、

「うれしいですよ。きれいに食べてくださいまして」

「それがな……」

「また、作りますよ」

佐々木に邪気はない。すると、これは誰が食べたのだろう。

「どうかなさいましたか」

佐々木が聞いてくる。

「いや、それがな」

自分が食べたのではないと言った。佐々木もきょとんとなった。

「盗人ですかね」

二人は首を捻《ひね》った。

六

どうも妙な事が起きるものだ。ひょっとして、青木が言っていた小金紛失と関係が

あるのだろうか。

ひょっとして……。

お紺のことが脳裏を過ぎった。

「金之助、お紺、どうしている」

それはいかにも曖昧《あいまい》な問いかけで、佐々木ならずとも戸惑っただろう。案の定、佐々木はきょとんとしながら、

「よく、働いてくれております」

と、答えたのは無理からぬことだ。次いで、問い返された。

「お紺がどうかしたのですか」

お紺を疑っているとは言いづらい。何の根拠もない。あるとすれば、新参者ということくらいだ。

「いや、どうということはないが。お紺は身よりは何だったのかな」

「父親は浪人だそうです。口入屋《くちいれや》からの紹介でやって来たのです」

口入屋とは奉公人や中間を斡旋《あっせん》する現代でいうところの職安のようなものである。

「身元、確かですよ」

佐々木の物言いにはどことなく反発心が感じられる。

「ならば、いいんだ」

そう言ってから腹の虫が鳴った。佐々木はにっこり微笑《ほほえ》み、

「握り飯ならありますよ」

と、言ってくれた。ありがたい、頰が緩んでしまう。佐々木が持って来てくれた握り飯は塩をまぶしただけのもので、沢庵《たくあん》が添えてある。だが、白い飯が程よい固さに握ってあり、こんな単純な食べ物ながら、えも言われず美味い。それに、沢庵を音を立てながら食べているとなんとも言えない幸福感に浸ることができた。

「美味いな」

涼之進は平らげると報告書をまとめることにした。結局、その日は報告書と出張の精算で時が過ぎていった。


あくる十八日、涼之進は誠之助を訪ねることにしたが、その前に、松林襲撃の下手人探索の状況が気にもなった。それには平原に聞くに限る。

南町奉行所に足を向けた。途中、瓦版《かわらばん》を買ってみる。案の定、老中襲撃で紙面は一杯である。好き放題に書き立てる瓦版とはいえ、その内容は様々な憶測に満ち、笑ってしまった。瓦版によると由比正雪《ゆいしょうせつ》の血を受け継ぐ一党がいて、その者たちによる幕

府転覆の企てが進行しているのだという。松林備前守をはじめ、これから老中、若年寄が狙《ねら》われる、と、面白おかしく書き立ててあった。

まったく、人の噂《うわさ》というものは無責任なものであるとつくづく思う。噂が一人歩きすると怖いものだ。そういえば、皆川堂観も、久谷九十郎が柳橋の芸者お富を理不尽に殺したと瓦版に流すと言っていた。もし、それが実行に移されたのなら、一体、どんな騒ぎになっていたかと思うとぞっとする。物見高い野次馬連中が屋敷に押し寄せて、大きな騒ぎになったかもしれない。

瓦版を胸に仕舞い、南町奉行所を訪問した。まだ、六つ半（午前七時頃）、平原は町廻りには出ていないはずだ。表門に顔を出すと、久谷の一件で顔なじみになった番士に挨拶《あいさつ》をし、平原に取り次いでもらった。時を置くこともなく平原がやって来た。平原にも酒切手を送っておいた。

「涼さん、お気遣いありがとうございます。すいませんね。お屋敷にお礼に行かなきゃって思っていたんですが、騒ぎが起きてしまいましてね」

「松林さまの一件か」

平原の顔色が曇った。それを見ただけで、探索がうまくいっていないことが窺《うかが》われる。

「そのことで聞きたいんだ」

「聞きたいって言いますと……」

たちまちにして反応する平原である。奉行所の片隅に行き、

「探索の具合どうなんだ」

「それが」

平原は躊躇《ためら》っている。それはそうだろう。現職の老中を狙った大胆不敵な下手人を追っているのだ。その探索の様子を簡単には言えないに違いない。

「下手人の手がかりはないのか」

「目撃の聞き込みをした結果では、浪人風であったこと、短筒を使ったこと、一人だったこと、くらいなんですよ」

何しろ、老中の駕籠《かご》を狙った。しかも、短筒の轟音《ごうおん》はまさしく天地を揺るがすもので、周囲の者たちは慌《あわ》てふためき、冷静に下手人に視線を向けた者などいなかったという。

「それは、そうだけどな」

涼之進もそう言われればそれ以上を詮索《せんさく》することができない。

「涼さん、どうしたんですよ。まさか、今度は御老中襲撃犯を捕まえる、なんてお役

目を引き受けたんじゃないでしょうね」

「そうなんだ」

正直に答えると、

「へえっ……」

平原は冗談で問いかけたようで、涼之進の大真面目《おおまじめ》さに戸惑いと驚きを見せた。

「どんな事情かはわかりませんがね、あんまり、色んなことに首を突っ込んではいけませんよ」

平原は警告をしてから少しの間を置き、

「ま、涼さんだから言っておきますがね。今、あたしらではちょっとした考えが湧《わ》いているんですすよ」

平原は思わせぶりな笑みを浮かべた。それを見ればただならないものと思えてくる。

平原が辺りを憚《はばか》る。誰もこちらを注目していないことを確かめてから、

「あれは、松林さまの狂言じゃないかっていう連中がいるんですよ」

根拠となるのは短筒だという。短筒は駕籠が浪人者の目の前を通りかかったところで放たれたのだが、弾丸は大きくそれた。それがいかにも、わざと外したのではないかという憶測を呼んでいるのだという。

「ま、そんなこと口が裂けても言えませんがね」

　探索の現場にいる平原の口から聞いてみると、土方が言っていたことが裏付けされたように思える。

「しかし、どうして松林さまは狂言などする必要があったのだろう」

　土方の話では有田藩取り潰《つぶ》しの失政を消し去るためということだったが、平原たちはそこまでは摑《つか》んでいないようだ。

「わかりませんや。雲の上の方々のなさることは。きっと、政《まつりごと》を巡って色んな駆け引きが行われているんじゃないかって、その程度のことしか考えが及ばないんですがね」

　平原も釈然としないようである。

「大変だな」

　思わず言ったが、それは平原には慰めにもならないだろう。

「ところで、近頃、大名屋敷専門に盗みを働く連中がいるって耳にしましたよ」

「そうなんだ。よく知っているな」

「それくらいの話、町廻りをしてると嫌でも耳にはいりますよ。武芝さまは大丈夫なんですか」

「今のところはな」

　ふと小金が紛失することを持ち出そうと思ったが、一朱や二朱の金のことなど話しては武芝家の恥だと思い、口には出さないでいた。

「大丈夫たい」

「涼さんに見つかったら盗人が災難だ」

　平原は声を放って笑った。

「松林さまの一件が片付けば、盗人の方も手助けできるんですがね、どうも簡単には終わりそうもありませんや」

「瓦版は由比正雪の血を引く者たちが、御公儀を転覆させようとしている、なんて書き立てているがな」

「無責任な連中ですよ。好き勝手なことばっかり書いて。それで、喜んで読む連中がいるんですからね。なんでも、商売になっちまう。特に噂話はね、物好きな連中は多いですからね。江戸って所は」

「それは、全国何処《どこ》でもそうだ。ところで、町奉行所では瓦版の手入れなんかしないのか」

「あんまり目に余る内容ですとね、見せしめに摘発をしたりしますよ。摘発はしても、なんて言ったらいいか。イタチごっこってやつで、しばらくは神妙にしていても、ほとぼりが覚めてみるとまた書き立てるだけですからね。書く者がいれば、読む連中もいるわけで。それに、それで、御政道への不満をそらすことにも役には立っている一面がありますからね」

そう言ってから平原は町奉行所の同心たる自分がそんなことを言ってはいけないとあわてて口を塞《ふさ》いだ。

「大変だな」

思わずそんな慰めの言葉が口から出た。

「大変なのは涼さんですよ。年柄年中、走り回って、本当に」

平原から慰められ、奉行所を出た。

「あ～あ」

空を見上げたが今日も鉛色だ。すっきりしないのは天気も胸の内も同じである。

「やったるたい」

と、口に出してみたが、今一つ胸が躍らなかった。

七

これから松林の屋敷に赴くことにした。松林はおそらく、登城を控えているのではないか。それとも、襲撃されて怖くなって屋敷に引っ込んでいると思われては心外だと積極的に登城しているのかもしれない。

いずれにしても行けばわかることだ。

御堀端で羽根を休めている水鳥に目をやっていると男が近づいて来た。饅頭笠《まんじゅうがさ》を被《かぶ》り、手には金剛杖《こんごうづえ》、粗末な墨染の衣を身にまとい、頭陀袋《ずだぶくろ》を提げている。托鉢《たくはつ》僧だ。が、笠から覗《のぞ》く面差しはまごうかたなき大山源太郎である。

「貴様」

睨《にら》み返した。

「話がある」

大山はそう言うと踵《きびす》を返した。有無を言わせないその態度には腹が立つ。それでも、白昼に町奉行所の近くに、いくら変装しているとはいえ堂々と姿を現すその態度は豪胆である。その度胸に免じるというつもりはないが、争うよりは大山と話をしたくなった。

涼之進も無言で歩く。大山は速足で進み、目についた稲荷に入った。

「何の用だ」

いきなり問いかける。

「そう急《せ》くな」

大山はゆとりたっぷりである。

「都では山伏、江戸では托鉢僧か。まるで隠密《おんみつ》だな。いっそのこと、神仏の道に入ったらどうだ」

「巻物、渡してはくれぬか」

大山は涼之進の気を逸《そ》らすように横を向いた。ちゃりんと鈴の音が鳴る。

「巻物は鞍馬《くらま》川に呑《の》まれた。おまえも、その様子を見ておったではないか」

「あの巻物はそうだ。だが、あれは本物ではなかった」

「熊野《くまの》権現《ごんげん》の起請文《きしょうもん》だぞ。嘘《うそ》偽りなんぞであるものか」

すると大山は腹を抱えて笑った。

「なんだ、馬鹿《ばか》にしておるのか」

「いくら、熊野権現の起請文といっても、女郎が男に書いたりもするのだぞ」

女郎が馴染《なじ》みの客を自分にぞっこんにさせようと、あなたしかいない、あなたが命、などと心にもないことを平気で起請文にするのだという。

「それは女郎の話だ。神君家康公がそんなことをするものか」

「だから、家康公の起請文は別にあるということだ。そして、それは八坂中納言さまがご所有。ひょっとしたら、おまえが武芝家に持ち帰ったのではないか」

「見当違いもはなはだしいな」

「果たしてそうかな」

大山はねめつけてきた。

「推測するのは勝手だが、おれはそんなものを目にはしておらん。あくまで、鞍馬川の急流に消えたものと思っておる。まさか、おれが持っていると思って江戸までやって来たのか」

「それもあるが、それだけではない」

「ならば、御老中松林備前守さま暗殺か」

そのことにずばり切り込んだ。

「あの一件、おれたちの仕業と思っておるのか」

「違うのか」

両眼を大きく見開いた。こいつの真意を確かめたい。

「おれの仕業だ」

意外にも大山はあっさり認めた。あっけないくらいの素直さだ。

「短筒で狙ったのだな」

「そうさ」

「御家再興は諦《あきら》めて松林さまへの復讐《ふくしゅう》を計るということか」

「そういうことだ」

「そんなことをして何になる。誰も喜びはせぬ。ただ、おまえの気持ちを満足させるだけだ。そんなことでいいのか。正々堂々、御公儀に願い出たらどうだ。嘆願をしたらどうだ」

言っているうちに涼之進の胸は熱くなった。

「そんなことしたって無駄だ。松林がある限り、御公儀は有田藩の改易を取り消そうとはしない」

「同情はするが、だからといっておれにどうせよというのだ」

「巻物を持っているかと思ったのだがな、持っていないとなれば用はない」

大山は衣の袖《そで》から黒い物を取り出した。短筒である。筒先はしっかりと涼之進の胸板へと向けられた。じりじりと恐怖心がせり上がってくる。

「さっさと撃て」

と、言ったのは半ば自棄《やけ》だ。

大山は無言で短筒を空に向けた。

——ずどん——

轟音《ごうおん》が轟《とどろ》いた。寒空を泳いでいた鳶《とび》が落下した。短筒を使ったことはないが、相当な腕前であることがわかる。

じきに周囲は騒がしくなった。

「三連発だ。玉はまだ二発残っているぞ」

「撃ってみろ」

今度は胆《きも》を据えて言い放った。

「また、会おう」

大山は短筒を懐中に仕舞うと、金剛杖を持ち、何やら経文を唱えながら悠然と稲荷から立ち去った。

追いかけようとしたが、大山は人混みに紛れてしまった。深追いをしなかったのは大山とは遠からず会うのではないかという予感にとらわれたからだ。

外桜田の大名小路の一角にある松林家の上屋敷にやって来た。襲撃があったからだろう。屋敷全体がぴりぴりとしている。誠之助に面会を求めると案外と素直に通された。御殿玄関脇《わき》の使者の間で誠之助と対面した。老中は日頃から様々な嘆願を受ける。その来客の数をもって、その老中の威勢を知ることにもなるのだが、今日は襲撃の後とあって面談は行われていない。それでも、見舞いと称して見舞金を置いていく留守居役たちは後を絶たなかった。

涼之進も心得ている。見舞金をまずは誠之助に渡した。誠之助は丁重に受け取り、さて本題と身構えた。

「妙な噂《うわさ》を聞いた」

そう切り出した。

誠之助の顔が歪《ゆが》んだ。

「松林さま襲撃は、狂言だという噂だ」

誠之助は鼻で笑った。それから、

「おまえ、そんな戯言《ざれごと》を信じているのではあるまいな」

いかにも信じれば裏切り者だと言わんばかりの勢いだ。

「おれにはわからん。実際のところ、どうなのだ」

「噂の出所はわかっておる。水野出羽守さま、いや、正確に言えば土方縫殿助さまだ」

誠之助は淡々と言った。土方によると松林襲撃は松林の狂言。一体、どちらの言い分が正しいのか。判断に苦しむところだ。

「そうか」

薄く笑った。

「どうした。信じられぬか」

「信じられぬというより、頭が混乱してしまう。どうも、政の駆け引きというものは苦手だ」

「得手も苦手もないさ」

誠之助は薄く笑う。

「だがな、ちと気になることがあるのだ」

涼之進は目撃者の情報から短筒が至近距離から放たれたにもかかわらず、駕籠《かご》を大きくそれたことを持ち出した。

「それは狙撃《そげき》した者の腕が大したことはなかったということだろう」

誠之助はにべもない。

そんなことはない。大山は相当な腕前だった。そして、大山は自分が狙撃したことを認めている。

「憶測で物を言うな」

ついむきになった。

「ほう」

たちまち誠之助の視線が凝らされた。こうなったら、大山のことをぶつけてみよう。でないと、この男から本音は引き出せない気がする。

「実は大山源太郎と会った」

これにはさすがの誠之助も驚きを隠せないようだ。

「まことか」

「嘘をついて何とする」

「して……」

誠之助の目が細まった。涼之進は大山と会った経緯を語り、短筒も相当な腕であることを言い添えた。それくらいの腕の大山が至近距離から狙撃をして、大きく外すことなど考えられないと言う。誠之助は考え込んだ。

「偶々《たまたま》ということもある」

「偶々とはどういうことだ」

「老中の命を狙《ねら》うのだ。緊張の余り、手元が狂ったとしても無理からぬことではないか」

誠之助の言葉にはいつもの自信が感じられない。自分も涼之進の指摘を待つまでもなく、同じ疑問を抱いていることを物語っていた。

「大山源太郎という男。都でおまえとも相見《あいまみ》えたが、中々胆の据わった男であったではないか」

「手元が狂うこともあろう」

どうしても、大山がわざと外したということを認めたがらない誠之助である。それから何かを思いついたのか表情が明るくなった。

「わざと外した。まずは、威嚇《いかく》であったとしたらどうだ」

松林が狂言を打ったのではないということを誠之助が信じていることを示している。誠之助は少なくとも、正真正銘、松林が襲撃されたものと思っているようだ。

それとも、これすらも芝居なのだろうか。

「威嚇な。それは考えられなくはない」

涼之進も一応はそれを認めた。

「これで、襲撃犯は大山とはっきりした」

誠之助は言った。

八

「やはり、わが殿を逆恨みしての行いだ」

と、誠之助は結論づけてから涼之進のことをなじった。何故《なにゆえ》、逃がしたのだということである。誠之助の批難にじっと耐えながら座っていると、

「すまぬ、言い過ぎた」

誠之助は詫《わ》びた。どうも、松林襲撃の一件で相当に神経をすり減らしているようだ。

「ともかく、托鉢僧どもを片っ端から捕えるよう町奉行所や寺社方にお願いしよう」

「今は偶々托鉢僧だがな。神出鬼没な男だ。托鉢僧から別の者に変装して歩いているかもしれん」

あまりに当たり前の涼之進の指摘に、誠之助は舌打ちをした。

「いずれにしても、これで、有田藩は御公儀に反旗を翻《ひるがえ》す悪党どもということがはっ

きりとした」

誠之助は言った。

「待て、大山が威嚇して弾丸を外したと決まったわけではない。そうでないという疑いがある限り、大山の狙いはわからんし、松林さま襲撃が狂言かどうかの疑いも解けない」

誠之助は反論したそうだったが、さすがに涼之進の言っていることは筋が通っていると思ったのか苦々しげに口を閉ざした。

「確かめるまで」

「何をだ」

「殿に確かめる」

「御老中に襲撃が狂言であるかと聞くのか」

「そうだ」

「本音を申されるだろうか」

「おれには申される」

誠之助は自信たっぷりに答えたが、言葉尻《じり》は弱々しい。

「ならば、待っている」

涼之進は腕組みをした。

「待つだと」

「ああ、待たせてもらう。尋ねた結果を聞かせてくれ」

そうする権利はあるはずだと思う。自分や武芝家とは関わりのない松林襲撃についてこれだけ振り回されているのだ。聞かせてくれてもいいはずだ。てこでも動かない態度を示すようにその意思を目に込めた。

「ふん」

誠之助は吐き捨てるとそのまま出て行こうとしたが、

「何時になるかわからんぞ」

帰るなら今の内だということを暗にほのめかしているようだ。

「かまわんたい」

強く言うと誠之助は目を吊《つ》り上げて部屋から出て行った。

涼之進は待った。

一時（二時間）程が経《た》ち、待てど、暮らせど、誠之助は戻ってはこない。一応、気を遣ってくれたのか、茶と菓子を出されたが、その茶も何杯も飲んでいる内に尿意を催した。控の間を出ると通りかかった女中に厠《かわや》を聞く。屋敷内を勝手に歩き回るのは憚《はばか》られるものだが、出物腫《は》れ物所嫌わず、とあっては仕方がない。

御殿を出て右手にあるという厠に向かった。途中、数人の侍が怪訝《けげん》な目を向けてきたが、それを無視して厠へと向かった。今日は一段と冷える。厠に着くと、尿意を催すのは無理もないと誰はばかることなく用を足した。

用を足してから厠を出た。すると既に薄闇《うすやみ》が広がっていた。

「誠之助め、いつまで待たせるんだ」

そう呟《つぶや》く。

すると、蔵の前に中間《ちゅうげん》がいる。中間は錠前をいじっていた。

──妙な奴《やつ》たい──

そう思ったから、そっと、躑躅《つつじ》の木陰に身を寄せて中間の様子を窺《うかが》った。中間は蠟《ろう》で錠前の型を取っている。

盗人《ぬすっと》に違いない。

いくら他家のこととはいえ、見過ごしにできることではない。

そっと近づき、

「なんば、しよると」

と、声をかけた。

中間は飛び上がった。それから逃げ出そうとする。すかさず中間の半纏《はんてん》の襟を掴《つか》んだ。中間は手足をばたばたとさせる。

「大人しくせんか」

「大人しくしますから、ご勘弁を」

中間はしおらしく頭を下げる。

手を離してやる。と、中間は走り出す。

「きたなか」

言ってから涼之進は追う。たちまち、屋敷内で大きな騒ぎが起きた。侍たちがどやどやとやって来る。

「盗人たい」

涼之進は大きな声を放った。盗人は今度こそ観念したようにその場に平伏した。

「な、なんだ」

涼之進を見知らぬ男と見た侍たちはひたすら驚きを隠せない。

「こいつ、盗人たい」

言うと涼之進は盗人が蔵の錠前の鍵《かぎ》の蠟型を取っていたことを話した。侍たちは驚いている。お互いの顔を見合わせながら、どう対処していいかを目で探り合っていた。

するとそこへ誠之助がやって来た。侍たちは誠之助を見て一礼する。

「おまえ、何をしておるんだ」

誠之助の批難は心外である。

「見てわからんか。盗人を捕まえてやったんだ」

捕まえた盗人を誠之助に向かって突き出し、この男が錠前の蠟型を取っていたことを話した。

「それはすまなかった」

自分の誤解を詫びてから盗人を連れて行けと侍たちに命じた。

「まったく、おまえという男は行く先々で騒ぎを起こすのう」

「それは御挨拶《ごあいさつ》だな。人の親切がわからぬか」

苦笑交じりに答えてから誠之助の言葉を待った。誠之助は、

「断じて狂言などではない」

と、短く答えたのみだ。

「松林さまはそう申されたのか」

「うむ」

「しかとか」

「しつこいぞ」

誠之助はくるりと背中を見せた。果たして、それが真実なのかどうかはわからない。たとえ、狂言であったとしても誠之助の立場ではそのことは言えないだろう。

「わかった」

そう言うと涼之進も立ち去ることにした。

「礼を申す」

誠之助は思い直したように涼之進に盗人を捕えた礼を述べた。

松林藩邸を後にした。

疑問は拭《ぬぐ》えない。松林襲撃が狂言であったのかどうかということも、大山が何故松林を襲撃したのかということも、わからない。

「わからんとたい」

思わず大きな声を出してしまった。

大名屋敷相手に商いをしている行商人が驚いてはっと立ち止まる。なんでもなか、と言い訳めいた呟きをして歩き出す。いつになく辻番《つじばん》が厳しい。松林襲撃の影響だろうか。涼之進も素性を尋ねられ、厳しく問われた。

これだけ、人を騒がせておいてあれは狂言だったではすまされないぞ。ふと、土方を訪ねようと思った。幸い、水野家の上屋敷は松林藩邸からほど近い。

水野出羽守の上屋敷へとやって来た。素性を告げ、土方への取次ぎを願い出る。すぐに土方は応対してくれた。御殿玄関脇《わき》の使者の間にやって来た土方はにこやかな顔で、

「調べ、どうだった」

「土方さま、ちょっと、話の筋が見えなくなってしまいましたぞ」

「どうした」

土方の惚《とぼ》けっぷりは実に堂に入り頭の中を覗《のぞ》くことを許していない。誠之助といい土方といい、策士というものは厄介な連中ばかりである。

「松林さまの襲撃が狂言であるとは土方さまが流されたとか」

「誰がそのようなことを」

土方は問いかけておいて、仙石かと自分で答えた。そのことは肯定も否定もせず、

「どうなのですか」

と、迫る。きっと、土方のことであるから、恍けるに違いない。明確に答えてはくれないだろう。

が、案に相違して、

「いかにも、わしじゃ」

と、にんまりとした。

「土方さま……」

開いた口が塞《ふさ》がらないとはこのことだ。自分でそんな噂《うわさ》を流しておいて涼之進に探らせていたのか。まったく、何を考えているのだ。いいように踊らされた自分が情けない。

「まあ、そう怒るな。すぐにおまえは気持ちを顔に出す」

「怒らずにいられましょうか」

「また、それ」

土方の言動は最早《もはや》悪ふざけにしか思えない。

「ご説明ください」

一歩も引く気はない。いくらなんでも、人を愚弄《ぐろう》するにも程というものがあろう。

九

「そうじゃなあ」

　土方もさすがにまずいと思ったのか、小さくため息を吐《つ》いてからおもむろに語り出した。

「あれはな、威嚇《いかく》だ。松林さまへのな」

　水野出羽守と松林備前守の権力闘争は激しさを増している。二人の意見対立は幕府財政の建て直しについていよいよ顕著となった。貨幣改鋳、すなわち、貨幣への金銀の含有率を減らし、改鋳差益を以《も》って台所を潤《うるお》わせる。

「これが、わが殿のお考え。それに対し、松林さまは、外様《とざま》大名を改易、もしくは転封して天領を増やす。特に長崎近辺は、海防の関係から天領とすべし、というお考えだ」

　松林の政策は日本近海に出没するロシアやイギリスの船舶に対する防衛措置とも連動して、幕閣の間から賛同者が増えているという。

「しかし、これでは世の中不穏になる。浪人は増え、大名たちは恐々とするだろう。

わが殿は泰平の世を乱す政策であると松林さまとは対立をしているという次第だ」

その最中《さなか》、八坂文書の存在が明らかとなり、松林の失点が浮かび上がった。

「外様改易に歯止めがかかると思った殿は有田浪人を使うこととした」

有田浪人大山源太郎は松林と対立する実力者水野出羽守を頼った。

「そこで、一芝居打つことにした。松林さまのお命を奪うことはせぬが、大人しくされよという意味を込めて大山に襲撃をさせた」

呆《あき》れて言葉が出てこない。御家再興を願う者たちの気持ちを幕閣の権力闘争に利用しようとしたというわけだ。怒りが込み上げてくるがそれをぐっと飲み込んで、

「では、わたしに探索を命じたのはいかなるわけでございますか」

「仙石がおまえを訪ねた。仙石はわしの動き、松林さま襲撃の真相をどの程度摑《つか》んでいるのか、知りたくてな」

「まるで将棋の駒《こま》ではないですか」

「不満か」

「面白かろうはずはございません」

涼之進の両眼が大きく見開かれた。

「それはそうであろう。わしも今回は後味が悪い」

土方は視線をそらした。

「策を弄することは時に必要かもしれませんが、それが過ぎると策のための策、策を楽しみ、策に溺《おぼ》れることになりかねないと存じます」

「そうじゃな」

うなずく土方だが、これも芝居ということか。

「失礼します」

大きな声を出すと腰を上げた。

「愛宕《あた》権現《ごごんげん》へ行ってみろ」

土方が座ったまま言った。

「何かあるのですか」

「行けばわかる」

土方の目はどんよりと曇っていた。どこか卑屈な気が漂っている。

涼之進は使者の間を出た。

十

大名小路をひた走り、御堀に架かる新し橋を駆け抜けた。鉛色の空からはみぞれが落ちている。凍えるような天気となったが、涼之進の身体《からだ》は燃えていた。土方のあの目。きっと、何かがある。いや、起こっている、愛宕権現でだ。

みぞれが顔を打ちつける中、愛宕下通りを進む。両側には大名、旗本の屋敷が軒を連ねている。屋敷の瓦《かわら》屋根が見る見る白く染まってゆく。みぞれは雪へと変わり、横殴りの風が強くなった。十町程走ったところで雪しまきの中、愛宕権現の石段が現れた。

一面の銀世界である。風雪に晒《さら》され、寒さが一層身に染《し》みる。石段の下に立ち見上げると、すっぽりと雪に覆《おお》われた大鳥居が、まるで巨人の仁王立ちのようだ。吹雪の中、八十六段の石段が巨人へ向かって伸びている。この寒さの中、参詣《さんけい》客はほとんど見られない。

曲垣平九郎《まがきへいくろう》出世の石段の故事で知られる有名な石段である。

かつて、三代将軍徳川家光《いえみつ》が芝の増上寺に参詣の帰り、愛宕権現の境内に咲き誇る梅を馬で取って来る者はいないかと周囲を見回した。境内に行くには急勾配《きゅうこうばい》の石段を登らなければならない。徒歩ならともかく馬となると途中で落馬するのは火を見るより明らかで、誰もがうつむいてしまった。家光が業《ごう》を煮やした時、一人の武士が馬で石段を軽やかに駆け上り、梅の枝を折って駆け下りて来た。丸亀藩《まるがめ》の藩士曲垣平九郎である。平九郎は家光から、「日本一の馬術名人」と称《たた》えられた。

　そんな故事で有名な石段である。

　当然、馬ではなく徒歩で上る。両側に伸びる木々の枝にも雪が降り積もり、腰を落として進まないと足を滑らせそうだ。駆け上がることができず、精々速足にしかならない。八十六段を休まず上るとさすがに息が荒くなった。真っ白な息が寒さを一層感じさせるが、身体は温《ぬく》まりかじかんだ手に熱い息を吹きかけることができた。

　一の鳥居を潜《くぐ》り、社殿に向かう。雪を踏みしめながら丹塗《にぬ》りの神門を潜り、賽銭《さいせん》箱に近づく。祈願に来たわけではないが、主祭神が防火の神様火産霊命《ほむすびのみこと》であることから、大火が起きないよう黙禱《もくとう》を捧《ささ》げ、踵《きびす》を返した。

　すると、雪を被《かぶ》った杉の木陰から侍が現れた。その数、十人。みな、黒装束に身を包んでいる。中に鞍馬《くらま》で見かけた男たちがいた。すると、有田浪人ということだろう。大山の姿を探したが見当たらない。

　声をかけようとしたところで、侍たちが抜刀した。

「待て！　まずは、話したい。斬《き》り合うつもりはなか」

　土方はこの連中が愛宕権現にいることを知っていた。土方は何かを企《たくら》んでいるに違いない。命の取り合いなど、絶対にしてはならない。

が、涼之進の願いも虚《むな》しく、左右から二人が突進して来る。右手の男は刀を大上段から振り下ろし、左手の男は突きを入れて来た。

涼之進は大刀を抜くことなく身体を前に傾け、二人の刃をかい潜った。直後、二人は鉢合わせ、雪に足を取られて転倒する。

それでひるむことなく、侍たちが次々と刃を向けてくる。涼之進は動きを止め、雪を足で蹴《け》った。雪が舞い、眼前の敵をかく乱した。

雪の降り方が激しくなった。横殴りの風に煽《あお》られ、視界がぼやける。雪の中に侍たちが黒い影となって蠢《うごめ》いていた。

そこへ、予期せぬ出来事が起きた。

どこに潜んでいたのか境内のあちらこちらから大勢の侍たちが雲霞《うんか》のように現れたのだ。先頭にいるのは誠之助である。松林家の家臣たちのようだ。その数、三十人はいようか。彼らは額に鉢金を巻き、火事羽織に野袴《のばかま》といった格好だった。

「逆らう者は斬れ」

誠之助の号令が吹雪を貫く。たちまちにして乱戦となった。有田浪人の刃が誠之助の火事羽織を切り裂いた。隙間《すきま》から鎖帷子《くさりかたびら》が覗いた。誠之助たちは万全の戦闘態勢である。数に勝る誠之助たちの前に、有田浪人たちが抵抗虚しく捕えられ、斬られた。白雪に鮮血が飛び散り、壮絶な光景となった。

あっという間に決着がついた。

「亡骸《なきがら》を運び出せ。捕えた者どもは屋敷に連行せよ」

始末を命じたところで誠之助が涼之進に近寄って来た。端正な面差しが血に染まり、凄惨《せいさん》な形相となっている。

「どういうことだ」

問いかける涼之進に、

「おまえ、御手柄だ」

誠之助は息を整えながらまずは礼を言った。白い息混じりに話を続ける。涼之進が捕えた盗人、あれは盗人ではなく大山配下の有田浪人だったという。大山は松林藩邸に密偵を入れていたのだ。

「あの男、大山の文を持っていた。愛宕権現に集結し、殿を再び襲う企てをしておったのだ」

松林は芝の増上寺に参詣する予定だったという。愛宕権現でそれを待ち伏せる企てであったとか。

どうも釈然としない。

大山は松林を襲撃する気はなく、あくまで威嚇しただけではないのか。それが気が変わったのか。それに、何故《なにゆえ》土方が大山らの企てを知っているのだ。いくらなんでも、襲撃を知っていて見過ごすとは思えない。

「大山は何処《どこ》だ」

涼之進の問いかけと同時に、

——だあん！——

銃声が境内にこだました。次の瞬間には誠之助の身体が横転した。

吹雪の中、大山源太郎が近づいて来た。今日は武家姿だ。ただ、頭は丸めたままだけに異様な形相に見える。

「おのれ」

誠之助が立ち上がろうとしたが、右の太腿《ふともも》を撃ち抜かれ思うに任せないようだ。

「やめろ」

涼之進は大山に声をかけたが、大山の目は狂気じみた光を帯びている。銃口を涼之進に向けたまま、

「今度は本気で撃つぞ」

凄《すご》みのある声をかけてくる。

問答をしている余裕はない。

涼之進は横っ飛びになった。杉の幹にぶち当たり、枝に積もった雪が大山に降りかかる。その隙に走った。大山は雪を振り払い追って来る。

雪を踏みしめ境内を横切ると池の淵《ふち》に至った。平安の昔、源経基《つねもと》が平将門《まさかど》追討を祈願し、身を清めたという児盤水《こばんすい》をたたえた池だ。薄い氷を通し黒々とした泥が見える。

池を背に大山と対峙《たいじ》する。

大刀を抜くと同時に銃口が火を噴いた。大山は雪に滑り、それが幸いして弾丸は涼之進をそれ、池の氷を砕いた。

泥の中で冬眠をしていた鯉《こい》が水面に顔を出した。

短筒は三連発だと大山が言っていた。すると、まだ一発残っている。涼之進は咄嗟《とっさ》の判断で石段まで走った。

石段の頂きから真っ白に染まった街並みが見下ろせた。立ちくらみがしそうだ。

雪に覆われた石段を駆け下るのはあまりに危険である。といっても、ゆっくりでは短筒の餌食《えじき》となるだけだ。取りあえず、大刀を鞘《さや》に納める。

躊躇《ためら》っている間に大山に追いつかれた。石段を背に向かい合う。

「死ね！」

大山の指が撃鉄にかかった。同時に涼之進は、

「やったるたい！」

大音声を発し大山に飛びかかった。短筒の轟音《ごうおん》が耳をつんざく。

次の瞬間、大山の身体が石段を転げた。涼之進も袖《そで》を引っ張られ、横転する。左手を伸ばし、石段を摑《つか》もうとするが雪で滑り、止らない。

二人は石段を下へと転がり落ちた。

先に立ったのは大山だった。

大山は短筒を捨て大刀を抜くと、石段を下りながら刃を突き刺してきた。転げながらも刃を避ける。

大山が足を滑らせた。

涼之進は横転しながらも大刀を抜いた。どうにか、横転を止め立ち上がることができた。

雷が鳴っている。

寒雷である。鈍く重い響きだ。

どうにか石段の下に下り立った。全身を激しく打ったはずだが、痛みは感じない。

大山が眼前にいた。

「大山殿、松林さまを襲おうとしたのか」

「そんなことはせぬ」

「松林藩邸に密偵を潜り込ませたであろう」

「言いがかりだ」

「ならば、何故、仲間を愛宕権現に集めた」

「土方さまに言われた。愛宕権現で待てと。御家再興について大事な話があるとな」

やはり、土方の企みか。

土方は松林を牽制《けんせい》するため大山をけしかけた。そして、用がすむと、口封じに出たのだろう。密偵は大山が放ったのではなく土方の手の者に違いない。

大山も誠之助も土方の掌《てのひら》で踊ったということだ。

「これから、土方さまに会いに行こう」

「最早《もはや》、それはいらぬ。土方に裏切られた。今はこれまでだ。この上は冥途《めいど》の土産におまえと手合わせをしたい」

「無用の殺生はやめるべきだぞ」

涼之進の願いも虚しく大山は刃を向けてきた。幕閣の権力争いに利用された挙句に仲間を失った。最早、この世に夢も未練もないということか。

とすれば、大山が挑む勝負に応《こた》えるのはせめてもの慰めというものか。

涼之進は応じるように刀を八双に構える。大山は落ち着いた所作で大刀を正眼に構えた。雪が激しさを増し、二人を包む。

「いざ！」

大山の大刀が横に一閃《いっせん》された。それをはっしと受ける。鋭い金属音がした。刃を重ねあわせたまま大山が押してくる。

涼之進は背後に退く。足を滑らせないよう腰を落とす。

厳寒の中、額から汗が滴《したた》る。

二人は刃を重ねたまま睨《にら》み合いを続けた。動いたのは大山が早かった。一旦《いったん》、後方に退き、突きを繰り出した。

涼之進はそれを払うと横に走る。大山は追いすがって来た。

二人は走りながら大刀を振るう。どちらも荒い息をして、どちらからともなく立ち止まる。

左手で脇差《わきざし》を摑み、投げつけたのは無意識だった。大山が脇差を叩《たた》き落とした。

勢い余って大山の身体が前のめりになった。涼之進は大刀を振り下ろした。

刃が大山の首筋を襲う寸前、峰を返した。

大山は雪の中に倒れた。

大刀を脇に置き、あぐらをかいた。勝利の喜びはない。疲労が押し寄せ、じわじわと安心感が胸を覆った。

と、その時、黒い影が涼之進の眼前を横切った。雪に血飛沫《ちしぶき》が飛び散る。

「誠之助、おまえ」

涼之進の声が震えた。

太腿を負傷した誠之助がよろめきながらも血刀を手に振り返った。

「倒れた相手を仕留めるとは……。おまえ、それでも武士か」

涼之進は大山の傍らに屈《かが》んだ。大山は誠之助によって背中を刺し貫かれ、事切れていた。

「こうする他ない。この者、生かしておけば、土方さまのことが明らかとなろう。さすれば、わが殿とて黙ってはいられない。水野さまと正面切っての争いとなる。幕閣は割れ、天下騒乱に火蓋《ひぶた》が切って落とされる。異国船が近海を脅かす中、内乱は避けねばな」

「政《まつりごと》のことはわからん。だが、おまえや土方さまのやり方は気に食わんたい」

「気に食わぬ……。なるほど、おまえらしい」

誠之助は薄く笑うと吹雪の中に消えた。

「おまえはおまえでいろ」

寒雷に誠之助の声は重なった。

降りしきる雪の中、涼之進は呆然《ぼうぜん》と立ち尽くした。

雪が頭と言わず、肩と言わず容赦なく降り積もっていく。涼之進にばかりか、大山の亡骸も覆《おお》い尽くした。

大山たちの悲願を閉ざすように……。

十一

文政四年の大晦日《おおみそか》の夜。

除夜の鐘を涼之進は佐々木と二人で聞いていた。天窓を見上げると闇夜《やみよ》の空から粉雪が舞い落ちている。

涼之進の家で佐々木がこさえた年越し蕎麦《そば》をすすっていた。昆布出汁《だし》のしっぽく蕎麦だ。薄い汁に真っ黒な蕎麦、それに、蒲鉾《かまぼこ》や玉子焼き、椎茸《しいたけ》が入れてあり、三つ葉の緑に心が和んだ。

いつもながら佐々木の腕前は賞賛に値する。熱々の麺《めん》をもろともせず息をつく暇もなくすすり上げる。椎茸の甘味が口中一杯に広がったところで、

「あ〜あ」

佐々木のため息が聞かれた。

「なんだ、まだ、お紺に未練があるのか」

「いや、そうではありません」

否定したその口から再びため息が漏れた。

お紺は盗人一味だった。小金紛失もお紺の仕業。佐々木の料理を手伝っていたのは、隙《すき》を見て眠り薬を混ぜ、蔵番が寝込んだ隙に仲間を引き入れるためだったとか。

自分が作った大根汁の味に違和感を覚えた佐々木がお紺に注意を向ける内、眠り薬を入れる現場を押さえたという。佐々木の御手柄だったのだが、手柄を誇るよりお紺への未練が佐々木をさいなんでいる。

「女を見る目がないですよ。わたしは」

「くよくよするな。何事も経験だ」

「沢村さんはどうなのです。そろそろ嫁を貰《もら》えと国許《くにもと》のご両親から言われるでしょ

う」

確かに両親から届く文には必ず嫁取りの心配が綴《つづ》られている。

美鈴さえ、承知してくれれば。

一度、思いのたけを打ち明けたことはある。その時はあまりに唐突で美鈴に冗談を言っては駄目です、とかわされてしまった。

その後、思いは募るが二人の仲は進展していない。一本気な涼之進が美鈴相手となると、

「やったるたい！」

とはいかない。

我ながら情けない思いを汁と一緒に飲み込んだ。

「縁談といえば、殿だ。春には八坂中納言家から房江姫さまがお輿入《こしい》れをなさる」

「そうでした、そうでした。我ら、気を引き締めてかからねばなりません」

佐々木は大真面目な顔をした。

天窓から雪が吹き込んできた。風花が風雪となった。房江の輿入れが波乱を呼んでいるように思えた。

この作品は書き下ろしです。

新潮文庫最新刊

佐伯泰英著
転び者
新・古着屋総兵衛 第六巻
伊勢から京を目指す総兵衛は、一行を付け狙う薩摩の刺客に加え、忍び崩れの山賊の盤踞する危険な伊賀加太峠越えの道程を選んだ。

乃南アサ著
禁猟区
犯罪を犯した警官を捜査・検挙する組織――警務部人事一課調査二係。女性監察官沼尻いくみの胸のすく活躍を描く傑作警察小説四編。

川上弘美著
パスタマシーンの幽霊
恋する女の準備は様々。丈夫な奥歯に、煎餅の空き箱、不実な男の誘いに喜ばぬ強い心。女たちを振り回す恋の不思議を慈しむ22篇。

小池真理子著
Kiss
唇から全身がとろけそうなくちづけ、人生でもっとも幸福なくちづけ。くちづけが織りなす大人の男女の営みを描く九つの恋愛小説。

安東能明著
撃てない警官
日本推理作家協会賞短編部門受賞
部下の拳銃自殺が全ての始まりだった。警視庁管理部門でエリート街道を歩んでいた若き警部は、左遷先の所轄署で捜査の現場に立つ。

前田司郎著
夏の水の半魚人
三島由紀夫賞受賞
小学校5年生の魚彦が、臨死の森で偶然知った転校生・海子の秘密。夏の暑さに淀む五反田で、子どもたちの神話がつむがれていく。

白《しろ》銀《がね》の野《や》望《ぼう》

やったる侍涼之進奮闘剣3

新潮文庫　は－54－3

平成二十五年六月一日発行

著者　早《はや》見《み》俊《しゅん》

発行者　佐藤隆信

発行所　株式会社 新潮社

郵便番号　一六二―八七一一
東京都新宿区矢来町七一
電話 編集部(〇三)三二六六―五四四〇
読者係(〇三)三二六六―五一一一
http://www.shinchosha.co.jp

価格はカバーに表示してあります。

乱丁・落丁本は、ご面倒ですが小社読者係宛ご送付ください。送料小社負担にてお取替えいたします。

印刷・二光印刷株式会社　製本・株式会社大進堂

ISBN978-4-10-138973-8 C0193